MES VINGT ANS

ESSAIS POÉTIQUES,

PAR LÉON DESSALLES,

DÉDIÉS A MA BONNE MÈRE.

Oh! qui pourrais-je aimer, si je ne t'aimais pas?

PAU.

IMPRIMERIE ET LITHOGRAPHIE DE E. VIGNANCOUR.

—

1839.

MES VINGT ANS,

ESSAIS POÉTIQUES.

MES VINGT ANS

ESSAIS POÉTIQUES,

PAR LÉON DESSALLES,

DÉDIÉS A MA BONNE MÈRE.

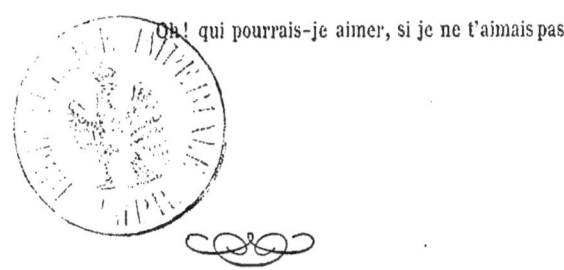

Oh! qui pourrais-je aimer, si je ne t'aimais pas?

PAU,

IMPRIMERIE ET LITHOGRAPHIE DE É. VIGNANCOUR.

—

1859.

Léon Desa fils

Né le 5 Avril 1837, décédé le 9 Septembre 1858.

D'après le pastel de Mr E. Devéria

INTRODUCTION.

~~~~~~~

> Il y a une chose qu'il faut connaître,
> c'est la souffrance. Il y en a une autre
> qu'il faut ignorer, c'est la souillure. Que
> le nom de Dieu soit béni!
>
> Jules SIMON.

—

L'AMI que nous pleurons n'avait pas écrit ces vers pour le public. Cependant il avait désiré en faire imprimer quelques exemplaires pour les offrir à ceux qui lui avaient témoigné de l'intérêt ou de l'affection. Pourquoi m'a-t-il fallu revoir sans lui ces essais que nous devions relire et corriger ensemble? J'ai hésité, je l'avoue, à me charger de ce soin. Je craignais de toucher à des œuvres que la mort semblait avoir consacrées, et de faire l'office de critique auprès d'un ami qui n'était plus. J'ai songé néanmoins que cette tâche, il me l'avait pour ainsi dire léguée, et que c'était en quelque sorte un devoir sacré pour moi d'élever ce monument à sa mémoire.

Léon Dessalles a écrit sans prétention, au jour le jour, tout ce qui le préoccupait, tout ce qui le faisait sourire ou pleurer, palpiter ou gémir. Il a eu des chants pour tous les accidents de sa vie, tristes ou gais, plaisants ou sérieux. La rime et la mesure venaient naturellement encadrer ses pensées, et il disait parfois aux amis auxquels il envoyait des sonnets, des épîtres ou des ballades : « Excusez-moi, je n'ai pas eu le temps de vous écrire en prose. »

Pour connaître Léon Dessalles on n'a qu'à lire ses œuvres. Elles sont le fidèle portrait de son caractère et de sa vie, et l'on est heureux de l'y retrouver tel qu'il fut, bon fils, ami sincère, noble cœur qui battait au nom de tout ce qui était grand et généreux.

Vous parlerai-je de son enfance ? Elle fut entourée de soins intelligents et d'amour dévoué. Comme sa mère était, au fond du cœur, fière de la beauté de son fils ! Dans les rues, sur les places, dans les jardins publics, les promeneurs se retournaient pour admirer la grâce et la distinction de ses traits. En me rappelant ce charmant visage, je comprends l'orgueil maternel de Mme Dessalles, et la résolution que lui inspira sa tendresse. « Eh ! quoi, se dit-elle, ce front si pur, cette bouche si fine seraient plissés par le chagrin? Ces mains délicates seraient réduites à gagner péniblement le pain de chaque jour ? Non, il faut le grand air à mon enfant, il faut des loisirs à cette gracieuse et frêle nature. Je travaillerai, et mon fils sera riche. » Pauvre mère, vous avez voulu la richesse pour lui, sans vous douter que plus tard la richesse vous serait nécessaire, non plus pour permettre à son jeune essor de se développer librement, mais pour retarder les progrès d'un mal qui devait le ravir à votre affection.

Quand Léon Dessalles fut parvenu à l'âge où l'on commence ordinairement ses études, il fut confié aux soins d'un professeur dont le nom avait acquis quelque célébrité dans l'enseignement public. L'ardeur impétueuse de son caractère lui rendait pénible toute contrainte. Cependant, pour répondre aux désirs de son père, il déploya d'abord un grand zèle. Mais, trop jeune encore pour ne pas abuser de la liberté qu'un maître négligent lui laissait, il abandonna peu-à-peu l'étude, et les imprudences qu'il commit finirent par compromettre sa santé. Il avait seize ans quand de graves symptômes avertirent ses parents des dangers que courait leur fils unique. On lui fit interrompre ses travaux, et on l'entoura des soins les plus dévoués. Malheureusement il se prit à aimer l'étude avec passion, quand il ne pouvait plus s'y livrer sans péril. Conseils, prières, rien ne put l'engager à cultiver avec moins d'ardeur le dessin et la poésie, pour lesquels il se sentait un attrait irrésistible.

Pour l'arracher à ces occupations absorbantes, son père l'envoya en Italie, accompagné d'un digne ecclésiastique. Il espérait que la vue des merveilles de l'art

le distrairait, et que l'influence salutaire d'un beau ciel
rétablirait sa santé chancelante. Mais Léon Dessalles
ne put voir tant de chefs-d'œuvre sans enthousiasme, et,
comme autrefois le Corrége, à la vue d'un tableau de
Michel-Ange, il s'écria : « Et moi aussi, je suis peintre ! »
En outre, la douce langue de l'Italie sembla l'initier aux
secrets de la poésie et de l'amour (1). Un an après, quand
il revint en France, son corps était plus robuste, mais
son âme, tourmentée par le besoin de l'idéal, cherchait
plus que jamais dans l'étude un aliment à l'exaltation de
sa sensibilité.

Bientôt son cœur s'enflamma d'une ardente passion
pour une charmante personne, nommée Marie, qu'il
avait rencontrée dans un voyage au centre de la France.
Ses parents le trouvaient bien jeune encore pour songer
à le marier. Néanmoins, comme toute leur vie avait été
consacrée à son bonheur, ils cédèrent à ses désirs et
firent agréer sa demande. Ce projet ne se réalisa point.
Des raisons graves amenèrent une rupture irrévocable.
Léon Dessalles sentit lui-même qu'il ne devait plus songer
à ce mariage, et il obéit à son père qui lui conseillait
de s'éloigner.

Le mal, qui s'était arrêté depuis son voyage d'Italie,
reprit de nouveau son cours, accru par la douleur. M.
Dessalles résolut alors d'envoyer à Pau ce fils tendrement

---

(1) Léon Dessalles a laissé dans un journal écrit avec esprit et enjouement le récit de cet heureux voyage.

chéri, en compagnie d'une tante qui avait pour lui toute la sollicitude d'une mère. Il espérait que l'influence d'un climat salutaire, les distractions d'un séjour agréable et l'affection d'un ancien ami qui résidait dans cette ville, pourraient adoucir ses souffrances. Léon Dessalles lui-même manifesta le désir de s'éloigner. Mais ses forces trahirent son courage. Il tomba malade à Bordeaux, et ce ne fut que six semaines après qu'il put être transporté dans le chef-lieu du Béarn. Sa santé parut se rétablir sous le climat qu'il était venu chercher. Les amis que lui attirèrent la bonté de son cœur et la distinction de ses manières le rattachèrent à la vie et ranimèrent sa gaîté. Les courts instants de son séjour à Saint-Christau comptèrent parmi les plus heureux de sa vie. Toutefois son mal, entretenu par les souvenirs opiniâtres du passé, se déclara de nouveau et prit de l'intensité de jour en jour. On transporta le malade dans sa maison de campagne, à Valenton, près de Paris. Ses parents s'installèrent à son chevet, et prièrent avec une foi si fervente, qu'ils espérèrent que Dieu ferait un miracle en faveur de leur fils. Le Ciel en avait ordonné autrement. Le 9 septembre 1858, Léon Dessalles, la tête appuyée sur le bras de son père, recevait le saint Viatique, et s'endormait dans la paix du Seigneur.

Qui a connu Léon Dessalles, et a pu rester insensible au charme répandu dans toute sa personne? On sentait en lui parlant que sa belle âme n'avait jamais été effleurée par l'ombre d'un remords ou par le souffle d'une mauvaise pensée. Le trait dominant de son caractère était une sensibilité expansive.

Sa plus profonde affection eut sa mère pour objet. Ses premiers vers lui furent consacrés. *Ce livre est plein de toi*, peut-il dire comme Brizeux; car il n'écrit presque aucune strophe sans que sa mère soit présente à sa pensée. C'est à elle qu'il songe lorsqu'il souffre, comme pour se mettre sous la protection de son amour maternel; c'est elle qu'il invoque lorsqu'il est heureux; c'est pour elle qu'il veut vivre, et, lorsqu'il sent que la vie lui échappe, c'est à elle qu'il adresse ses plus tendres adieux. N'était-il pas naturel qu'il lui dédiât les œuvres qu'elle lui avait inspirées?

Dans son cœur il ne sépara jamais son père de sa mère : il avait pour lui un amour vif et respectueux, et le souvenir de ses bontés lui faisait quelquefois répandre de douces larmes. Que de cœurs il s'attacha en leur parlant de ses parents, de sa bonne tante qui l'avait suivi aux Pyrénées, et à laquelle il avait voué une profonde reconnaissance !

A Rome, à Lorette, à Venise, à Pau, il se concilia l'affection de tous ceux auxquels il fut présenté. Le Pape le reçut avec une bonté toute paternelle, et daigna lui donner pour Mme Dessalles, sa mère, la plume dont il s'était servi durant toute une journée. A Pau, à Saint-Christau, ses qualités aimables lui acquirent des amis dont il avait le droit d'être fier, et qui conservent de lui un triste et charmant souvenir.

Notre poëte avait un vif sentiment des beautés de la

nature. A Paris, son imagination était mal à l'aise : il lui fallait un ciel pur, des prés, des bois, des côteaux. Il trouvait du bonheur à entendre chanter le rossignol et la fauvette, à voir les fleurs et la verdure, à suivre des yeux le cours limpide des ruisseaux, et, sans être insensible aux grandes merveilles des Alpes et des Pyrénées, c'est surtout le charme, la grâce, le recueillement qu'il aimait et recherchait dans ses voyages. Il pouvait dire comme Béranger, auquel il emprunte ces vers :

> Je crains la foule qui se presse;
> Je tremble à ses milliers de voix.
> Une fée a, dès ma jeunesse,
> Conduit mes rêves dans les bois.

Ce goût prononcé pour la vie libre et indépendante s'alliait à une douce charité et à une piété fervente. Nul ne fit de plus abondantes aumônes. Ami des malheureux, il savait soulager leur misère, et (chose plus rare encore,) accompagner ses dons de ces paroles consolantes qui valent mieux qu'une pièce de monnaie pour un cœur aigri par la souffrance et quelquefois par l'envie. La bienfaisance était si naturelle en lui, qu'il mettait au premier rang cette vertu chez sa fiancée. Après avoir chanté sa beauté, il s'écriait :

> Dieu sait tout l'or qu'elle destine
> A secourir les malheureux;

et c'était à ses yeux l'éloge le plus complet qu'il pût faire de celle que le Ciel semblait vouloir associer à ses destinées. Les pauvres de Valenton, qui assistaient à ses funérailles, lui ont rendu un touchant témoignage de reconnaissance. Quoique il les eût quittés depuis plus d'un an, ils n'avaient pas oublié leur généreux bienfaiteur.

Les pieuses croyances que sa mère lui avaient inspirées se ranimèrent dans son voyage d'Italie. On eut dit que son cœur prévoyait les douloureuses épreuves auxquelles il allait être soumis, et qu'il cherchait un secours contre elles dans une foi vive et sincère. Ses poésies nous révèlent, presque à chaque page, l'amour qu'il a pour Dieu, et le bonheur avec lequel il se souvient des augustes solennités auxquelles fut conviée son enfance. Il eut surtout pour la Sainte Vierge une dévotion toute particulière. Avec quel zèle et quelle ardeur il la priait d'intercéder pour lui auprès de son divin Fils !

Il éprouvait un tel besoin d'aimer, que sa piété était pleine d'indulgence pour tous ceux qu'il connaissait. Loin de s'irriter contre leurs faiblesses, il en avait compassion. S'il s'abstint de blâmer la conduite un peu légère de quelques-uns de ses amis, du moins il ne l'approuva jamais, et, par sa douceur et sa réserve pleine de goût, il inspira peut-être plus d'une fois d'utiles remords à des jeunes gens qui s'égaraient. C'est le privilège des âmes nobles et délicates de ramener au bien ceux qui s'en écartent, par le respect et l'affection qu'elles inspirent.

Léon Dessalles a beaucoup souffert ; et cependant son cœur était si éloigné de la haine, qu'il n'a jamais maudit ceux qu'il pouvait accuser de ses peines ; jamais il ne s'est répandu contre eux en plaintes amères; jamais.... je me trompe, une seule fois. Mais qu'on l'excuse. Son cœur, blessé dans sa tendresse, outragé dans sa fierté, n'avait pu sans déchirement renoncer à de chères espérances. Il se laissa donc emporter par son ressentiment, et sa douleur éclata en vers pleins d'une colère vengeresse et d'une éloquence entraînante. Après cette crise, qui laissa une trace profonde dans l'âme de notre poète, il pardonna noblement à ceux qui semblaient s'être joués de son amour. Mais si rien ne put ranimer un courroux qu'il avait vaincu, rien ne put le rattacher à un passé qu'il ne voulait plus regretter. Il lui eut été facile de renouer des liens brisés, et de reprendre son rêve de bonheur où il l'avait laissé (1). Mais le charme était rompu. Son légitime orgueil l'avait emporté sur son amour, et il avait pris la ferme résolution de chercher dans l'oubli un remède à sa douleur.

A Saint-Christau, Léon Dessalles parut avoir triomphé de cette malheureuse passion, grâce à l'affectueuse bienveillance que lui témoignèrent quelques personnes d'un cœur véritablement élevé. Toutefois ce calme était trompeur. Notre poète écrivait au docteur qui lui avait prodigué ses soins :

> J'ai pleuré ma chère Marie,
> J'ai pleuré sur mon triste sort,
> J'ai pleuré ma mère chérie,
> J'ai pleuré songeant à la mort.

(1) Les parents de celle qu'il avait aimée lui avaient écrit pour le rappeler auprès d'eux.

Ce n'était pas la première fois qu'il songeait à ses derniers moments. Dès qu'il eût désespéré du bonheur, il pressentit sa fin prochaine. Il revient souvent sur cette pensée. Il aime sa douleur, d'abord en artiste, parce qu'elle lui inspire des vers touchants ; ensuite parce que son noble cœur sentait instinctivement que rien ne pouvait le consoler, et qu'il était beau de rester fidèle même à un souvenir. Quand vous lui parliez de sa santé, il semblait toujours être de votre avis. Mais s'il vous écoutait, c'était pour ne pas vous désobliger. Aussi, lorsque plongé dans les souvenirs du passé, il ne voyait plus qu'isolement pour lui dans l'avenir, il paraissait invoquer la mort pour qu'elle le délivrât de ses maux, jusqu'au moment où il songeait que le coup qui devait le frapper, percerait aussi d'autres cœurs. Alors il considérait l'espérance comme un devoir, et il espérait.

Aussitôt que cette réaction s'opérait dans son âme, il se rattachait avec ardeur à la vie. Mais il ne comprenait pas la vie sans le travail. Il aurait pu couler des jours tranquilles au sein de l'opulence et des loisirs ; il préféra se livrer à de sérieuses études. Son voyage d'Italie lui avait révélé sa vocation. Il réussissait dans le dessin pour lequel il avait un goût remarquable. Dès ce moment il songea à prendre la palette. Un peintre célèbre, M. Eugène Devéria, guida les premiers pas de ce jeune talent dont les promesses étaient si brillantes. Dans une lettre écrite à ce maître chéri, Léon Dessalles s'écriait :

> Alors, rempli d'espoir, je lis dans l'avenir
>
> Des jours heureux, peut-être un peu de gloire.
>
> Marche donc, mon crayon, vole comme le vent :
>
> Je songe à la palette, et me voilà content.
>
> Salut, salut, salut, ma palette d'ivoire !
>
> Salut, mon beau soleil levant.

La gloire, il la rêvait, comme toute âme généreuse qui a conscience de sa valeur. L'aurait-il atteinte ? Ses maîtres le pensaient, et il se préparait, sinon à l'obtenir, du moins à la mériter. Aussi ne le croyez pas, lorsqu'il s'accuse de paresse. Rempli d'un noble courage, il avait l'ambition de vouloir être fils de ses œuvres ; et, s'il encourt quelque blâme, c'est pour avoir entrepris des travaux au dessus de ses forces. Il est resté trop long-temps penché sur les modèles que reproduisait son crayon, et il n'a pas assez souvent fermé l'oreille à la voix de la Muse qui l'inspirait. Son ardente imagination avait par ses exigences altéré sa santé déjà si délicate ;

> Et, comme en s'envolant l'oiseau courbe la branche,
>
> Son âme avait brisé son corps.

Je ne sais si je m'exagère aujourd'hui la valeur de ses poésies. Quand il vivait près de moi, quand il venait me trouver, le sourire sur les lèvres, pour me lire les vers frais éclos dans son cœur, je les écoutais avec plaisir sans y attacher plus d'importance qu'il ne leur en donnait lui-même. Mais, depuis que la mort est venue éteindre sa douce voix, je relis ses œuvres avec une tendre et respectueuse attention, et je suis étonné d'y trouver des qualités que je ne soupçonnais pas.

On peut diviser en deux époques sa carrière poétique. D'abord, guidé par l'instinct, il devine plutôt qu'il n'apprend les règles de la versification, et s'essaie à raconter les évènements qui traversent sa paisible existence. La passion et le chagrin n'ont pas encore communiqué à son talent le souffle poétique. Mais, dès qu'il a fait la douloureuse expérience de la vie, sa voix s'élève et grandit tout-à-coup. Vous ne reconnaissez plus dans les strophes passionnées qu'il écrit, l'heureux adolescent dont l'aimable simplicité vous faisait sourire. La pièce intitulée : *Rêve*, signale le changement qui s'opère alors dans son cœur et dans son esprit.

L'amour, il est vrai, doubla ses forces. Mais l'amour heureux ne fait pas les poètes. Aussi, tant que Léon Dessalles put espérer qu'une douce union mettrait le le comble à ses vœux, il se livra au plaisir sans mélange d'aimer et d'être aimé. Sauf quelques pièces gracieuses que lui inspira Marie, il ne produisit rien. Il prit même le parti de garder le silence, comme s'il eut trouvé que le langage de la poésie était impuissant à rendre les extases d'un cœur sincèrement épris. Le désespoir se chargea de ranimer sa verve. Quand le bonheur qu'il avait rêvé fut perdu pour lui sans retour, par un contraste assez ordinaire, le coup qui ébranla son âme affermit son talent. L'homme ne souffre pas en vain : la nature avait fait Léon Dessalles sensible, la douleur le fit poète. Les premiers cris que jette son cœur, dès qu'il peut enfin repousser l'étreinte qui l'étouffe, ont un accent véritablement pathétique. Toutes ses œuvres n'ont pas sans doute la netteté, la correction qu'on rencontre dans les pièces qu'il a écrites à l'époque du *Rêve*. Cependant on peut dire que, dès ce moment, il avait trouvé sa voie. Malheureusement avec les souffrances morales augmentèrent les souffrances physiques. En suivant dans son livre les progrès de son mal et de son talent, on peut prévoir l'instant où la lyre va tomber des mains du poëte.

Si la mort avait respecté notre ami, il est hors de doute que la lecture des chefs-d'œuvre qu'il commençait à étudier, l'habitude de la méditation et une vie paisible n'eussent donné à son esprit une discipline plus sévère, sans rien ôter à la grâce ni à la vivacité de son imagination. Tel qu'il est, il possède un talent facile, naturel et touchant. Son vers sait se plier à tous les tons, et s'élève sans effort aux grandes pensées. Sa mélancolie habituelle ne le condamne ni à la tristesse ni à l'égoïsme. Il est gai parfois, et sa gaîté est communicative. De plus, quoique il souffre, il s'oublie toujours lui-même pour ne songer qu'à ses amis et à sa mère. Aussi lui échappe-t-il aisément de ces cris qui vont droit au cœur. L'homme, dit-il, à un camarade d'atelier,

> L'homme est né pour souffrir et pour se rendre utile,
> Utile à tous, partout, même à ses ennemis.
> Aux ordres du Seigneur il doit être docile.

Voilà comment il comprenait la vie, et comment il la

pratiquait. Vous qui l'avez connu, lisez ces lignes empreintes d'une si vive tendresse et d'une douleur si profonde. Son âme, veuve d'un amour qui l'occupe encore tout entière, ne voit plus dans l'avenir que ténèbres et souffrances. Il souhaite la mort, puis il s'écrie :

> Que j'étais donc ingrat ! Moi, songer à mourir !
> Suis-je seul sur la terre ?
> Ah ! je veux vivre encore. On peut vivre et souffrir :
> Je vivrai pour ma mère.

On peut vivre et souffrir : Je vivrai pour ma mère. Relisons ces paroles sans les commenter. La plus belle part de son talent, il la doit à son cœur.

Voulez-vous apprécier sa grâce, son enjouement, son aimable malice, l'allure vive et facile de sa muse, lisez *Vision, Paresse et Raison, Marguerite, Comme quoi il est bon de ne pas toujours obéir, Ballade à Mademoiselle de V...., Noël, Souvenirs, Bal à la Préfecture, Sonnet à ma Mère, A une jeune personne qu'une indisposition passagère avait forcée de garder la chambre, Clair de lune, Bonheur d'un poète exilé.* Lisez aussi *le Spleen* et *la Mauvaise Visite*.

Nous avons, à quelques exceptions près, conservé toutes les poésies de Léon Dessalles, après les avoir rangées dans l'ordre chronologique de leur production. De cette manière on saisira plus aisément le contraste qui existe entre les deux parties de sa vie poétique, et nous aurons au moins le mérite d'avoir laissé dans ses œuvres ce qui peut servir à le faire mieux connaître de ses amis.

Conformément à ses désirs, nous avons joint à ces essais quelques pièces qui lui ont été adressées par MM. Devéria, de Coutouly et Müller. En lisant les beaux vers du maître qui devait le guider dans la carrière qu'il voulait embrasser, on pourra s'assurer que tous les arts sont frères, et que M. Devéria aurait pu se distinguer, s'il l'avait voulu, dans la poésie comme dans la peinture.

Nous n'avons pas toujours cité les noms des personnes auxquelles notre ami avait adressé des vers. Nous avons reproduit seulement ceux qu'il nous avait lui-même indiqués, persuadés qu'il n'y avait aucune indiscrétion à le faire, et que les personnes auxquelles ces pièces étaient dédiées, ne seraient pas insensibles au souvenir d'un jeune homme qui, par ses rares qualités, avait su se concilier leur bienveillante sympathie.

Puisse ce livre rappeler à tous ceux qui ont aimé Léon Dessalles, c'est-à-dire à tous ceux qui l'ont connu, le mérite du gracieux poëte que nous pleurons! Dès que son aimable souvenir se réveille dans notre cœur, le jour brille d'un plus pur éclat, l'air se remplit de doux murmures, et nous voyons à travers une brume légère le visage souriant de cet ami qui ne nous a point quittés. Pour moi, en relisant ces vers, que naguère il me récitait, je le vois encore à mes côtés, tenant sur ses genoux ma petite fille qu'il aimait, comme il aimait tout ce qui était innocent, et faisant sans cesse de beaux projets pour l'avenir.

Quand on a passé par toutes les phases de la vie;

quand on sait quelles angoisses nous sont réservées ;
quand on a senti l'aiguillon du chagrin pénétrer de
toutes parts dans notre cœur, et vu disparaître peu-à-peu
autour de soi tous ceux qui nous étaient chers ; quand on
songe enfin que l'existence n'est, pour la plupart, qu'une
douloureuse épreuve ; on est tenté de demander à Dieu
d'abréger le temps de notre pèlerinage sur cette terre
d'exil, et d'envier le sort de ceux qui ont eu le bonheur
de mourir à la fleur de l'âge. Qui ne voudrait alors,
comme Léon Dessalles, passer dans un monde meilleur
à vingt-et-un ans, entouré de parents chéris qui vous
ferment les yeux après avoir reçu de vous votre dernier
baiser et votre dernier soupir ? Qui ne voudrait s'éteindre
ainsi, pur de toute souillure, après avoir souffert le mal,
sans l'avoir jamais fait ? Ah ! si la séparation n'était pas
cruelle pour ceux qui nous survivent, un père, une mère ne
devraient-ils pas avoir le sublime courage d'oublier cette
vallée de larmes pour ne songer qu'au ciel où leur fils
est allé cueillir la palme du triomphe ? Consolez-vous,
pauvre mère, consolez-vous. Votre fils, dont le bonheur
était l'objet de toute votre vie, votre fils jouit d'un bonheur
que votre cœur eût été impuissant à rêver. Consolez-vous.
Votre fils n'est plus ; mais il vous a laissé le souvenir de
sa tendresse, de ses talents et de ses vertus. Du haut des
cieux il vous regarde avec amour, et son âme s'associe
à toutes vos pensées et à toutes bonnes œuvres.

Pau, le 1er mai 1859.

B. M.

A ma Mère.

~~~~~~~

'AI quitté la maison pour n'y plus revenir.
Quand ton cœur abîmé dans cette idée amère,
Sera près de se rompre, alors prends, ô ma mère,
Prends ce livre qu'ici j'écrivis, plein de toi,
Et tu croiras me voir et causer avec moi.
Tes conseils, mes regrets, nos communes pensées
Y sont avec amour et jour par jour tracées.
Ce livre est plein de toi. Dans la longueur des nuits,
Qu'il vienne, comme un baume, assoupir tes ennuis;
Si ton doigt y souligne un mot frais, un mot tendre,
De ta bouche riante, enfant, j'ai dû l'entendre;
Son miel avec ton lait dans mon âme a coulé :
Ta bouche à mon berceau me l'avait révélé.

BRIZEUX (Marie).

PRÉFACE.

~~~~~~~~

PAUVRES petits essais, allez modestement,
  Sans orgueil de vous-même;
Adieu! faites surtout un gentil compliment
  Aux bons amis que j'aime.
Un lecteur exigeant dira : Bon pour brûler!
  Mieux eût valu se taire.
Et moi je répondrai : Tant pis! j'aime à parler,
  J'essairai de mieux faire.
J'aurais à chaque ami voulu pouvoir offrir
  Mon œuvre manuscrite,
Et j'eusse assurément fait un plus grand plaisir,
  Acquis plus de mérite.
Mais à se copier sans cesse s'escrimer,
  Autant la mer à boire !
J'ai trouvé bien plus court de me faire imprimer;
  Voici donc mon grimoire.

Pau, 14 *Février* 1858.

CONSOLATION.

A MA BONNE MÈRE.

Que j'aime ces beaux jours, où tout dans la nature
Semble nous inviter à la paix, au bonheur,
Ces jours où tout revêt une fraîche parure,
Sous les premiers baisers d'un soleil bienfaiteur !

Soleil éblouissant, plein d'une ardeur extrême,
Et qui fait succéder dans notre pauvre cœur,
Selon la volonté de ce Dieu qui nous aime,
La joie à la tristesse et l'espoir au malheur !

Car, pensant à ces gens qui, pour se faire une arme,
Cherchent un ridicule en vous tendant les bras,
Je m'endormis souvent en versant une larme,
Et presque dégoûté des choses d'ici-bas.

Mais quand, à mon réveil, se penchait vers ma couche
Une mère chérie, enlacée en mes bras,
Mon cœur se ranimait aux baisers de sa bouche;
Car l'amour d'une mère, ah! seul ne trompe pas.

Ce jour m'apparaissait moins sombre que la veille,
Et je recommençais à croire à l'amitié,
En entendant ces mots qui frappaient mon oreille:
Pour le monde, ici-bas, indulgence et pitié!

7 Décembre 1856.

ODE A MARIE. (*)

—~~—

J'ADORE ce nom de Marie,
Doux comme le rayon divin,
Rempli de chaleur et de vie,
Paraissant avec le matin,
Et qui doucement se hasarde
Par les carreaux dans la mansarde
Pour consoler le malheureux.
Puis, ayant calmé la souffrance
Et fait renaître l'espérance,
Le doux rayon remonte aux cieux.

(*) C'est aujourd'hui la fête de Notre-Dame-de-Lorette. L'année dernière, en passant par Lorette, délicieusement ému à la vue de la *Sainte-Maison*, je communiai, et, me mettant sous la protection de la Vierge Marie, je fis un vœu au pied de son autel.

Cette année, le jour de sa fête, mon cœur essaie de chanter les louanges de celle en qui est placée toute ma confiance.

Alors, plein de reconnaissance
Pour un Dieu si bon, si parfait,
Qui chaque jour, dans sa clémence,
Répand sur lui quelque bienfait,
Le chrétien dont l'âme est ravie,
Répète le nom de Marie.
Son cœur, s'élevant au séjour
Où sont les célestes phalanges,
Ecoute les concerts des anges,
Et fait entendre un cri d'amour.

Mais, forcé de courber la tête
Sous le poids de l'adversité
Qui vient changer un jour de fête
En un jour de calamité,
Jamais son cœur ne se désole,
La religion le console
Et met un terme à sa douleur.
Il se jette aux pieds de Marie,
Et dans son cœur lui sacrifie
Toute sa joie et son bonheur.

O secourable et bonne mère !
Tout homme, à chaque instant du jour,
En t'invoquant dans sa prière,
Redit ton nom avec amour.
Car, sur tous les points de la terre,
Dans ton appui chacun espère.
Grâce à ton intercession,
Lorsque notre voix te réclame,
Le Ciel apaisé dans notre âme
Répand la consolation.

Mon cœur, dès ma plus tendre enfance,
O Vierge, apprit à t'implorer,
Et jamais, jamais l'espérance
Ne parvint à m'abandonner !
Aussi, bonne Vierge Marie,
Ton amour embellit ma vie ;
Je suis fier d'être aimé de toi.
Mais si mon âme, trop heureuse,
Est aujourd'hui présomptueuse,
Mon Dieu, mon Dieu, pardonne-moi !

En ce beau jour, Vierge divine,
Veille sur moi du haut des cieux.
Que celle que Dieu me destine
Passe avec moi des jours heureux !
Et qu'aussi bonne que gentille,
Mettant son bonheur en famille,
Elle puisse, dans l'avenir,
A genoux devant ton image,
Implorant ton divin suffrage,
Avec moi toujours te bénir !

10 Décembre 1856.

ESPOIR.

A MADEMOISELLE M***.

PHÉBUS, terminant sa carrière,
S'effaçait dans un ciel d'azur ;
Le jour prolongeait sa lumière ;
L'oiseau, caché sous la bruyère,
Chantait d'un accent vif et pur.

Naples, la belle, enfin s'éveille
Au bruit d'une immense chanson.
La liqueur dorée ou vermeille
S'échappe, à l'ombre d'une treille,
Des mains d'un joyeux échanson.

Glissant sur les ondes tranquilles,
Le gai pêcheur revient enfin :
Oiseaux légers, coursiers dociles,
A terre les barques fragiles
Rapportent un riche butin.

Comme une colombe craintive
Qui s'envole, quand vient la nuit,
Vois cette barque fugitive,
Là-bas, s'éloignant de la rive
Fuyant loin du monde et du bruit.

Livrant sa voile au doux Zéphire,
La laissant aux soins de l'amour,
L'amant presse, dans son délire,
Une vierge qui se retire
Et qui lui cède tour à tour.

Vers une autre plage il l'entraîne,
D'ardents baisers couvrant sa voix.
Il s'enivre à sa douce haleine,
Et dans ses beaux cheveux d'ébène
Il se plaît à perdre les doigts.

Pareil à la foudre qui gronde,
Et qui s'élance avec l'éclair,
Pareil au zéphir qui, sur l'onde,
Emporte la nef vagabonde
Et sillonne en courant la mer,

Mon pauvre cœur, que rien n'enchaîne,
Las des passions d'ici-bas,
Avec mon esprit qu'il entraîne,
Vers le beau pays de Touraine
S'échappe et s'enfuit à grands pas.

Environné d'un frais ombrage,
Vois-tu cet antique château
Qui plane au-dessus du village ?
N'entends-tu pas dans le feuillage
Le nom du brave Castelnau ?

C'est là que, de soins entourée,
Brille une belle et tendre fleur,
A la couleur vive et pourprée,
Native d'une autre contrée,
Et qu'on préserve du malheur.

C'est là que vit près de sa mère,
L'objet de mes chères amours,
C'est là que, descendu sur terre,
Demeure l'ange à qui j'espère
Bientôt consacrer tous mes jours:

Dans ses yeux charmants que j'admire
Le ciel reflète son azur.
Tu ne saurais chanter, ma lyre,
La tendresse de son sourire,
Douce image de son cœur pur.

Dieu sait tout l'or qu'elle destine
A secourir la pauvreté.
Lorsqu'elle descend la colline,
Sous ses pas le gazon s'incline
Pour rendre hommage à sa bonté.

Marie, ô rêve de ma vie!
Penser à toi me rend heureux.
Ah! puisse Dieu, Dieu que je prie,
Puisse ta patronne chérie
Mettre un jour le comble à mes vœux!

30 Décembre 1856.

A MON AMI GUSTAVE BARBET.

JOUR DE L'AN 1857 (*).

Que de présents ! de tous points sur la terre
De joyeux cris montent jusques aux cieux !
Quand un cadeau vient d'une bonne mère,
Non, cher ami, rien n'est plus précieux.

Admirez tous ma superbe pelisse :
On ne peut voir un plus riche cadeau.
Tous ces visons, surpris par artifice,
Parviennent-ils à me rendre bien beau ?

(*) Je n'ai jamais reçu de plus belles étrennes que cette année :
une excellente voiture, deux chevaux charmants, une superbe pelisse
en visons du Canada. (*Enfant gâté !*)
C'est bien le moins que ma pauvre muse, encore au berceau, griffonne
ces quelques vers.

Allons, là bas! dépêchez, faites place,
Place au marquis de Carabas!
Dépêchez-vous, garez-vous, que je passe:
Regardez-moi, mais ne me touchez pas.

Bien dorlotté dans ma bonne voiture,
Ami, voyons, franchement dis-le-moi,
Lorsque je suis caché dans ma fourrure,
Ne suis-je pas bien plus heureux qu'un roi?

1er Janvier 1857.

LE PAPILLON.

Naître avec le printemps, mourir avec les roses,
Sur l'aile du zéphir, nager dans un air pur,
Balancé sur le sein des fleurs à peine écloses,
S'enivrer de parfums, de lumière et d'azur,
Secouant, jeune encor, la poudre de ses ailes,
S'élever comme un souffle aux voûtes éternelles :
Tel est du papillon le destin enchanté.
Il ressemble au désir qui jamais ne se pose,
Et, sans se satisfaire, effleurant toute chose,
Retourne enfin au ciel chercher la volupté.

LAMARTINE.

LE VOLAGE LASSÉ.

A MADEMOISELLE M***.

ous naissons pour mourir : cette loi, Dieu l'impose.

Jeune encor, j'ai voulu voir un ciel toujours pur,

Et, comme un papillon sur le sein d'une rose,

M'enivrer de parfums, de lumière et d'azur,

Comme lui m'élancer, en secouant mes ailes,

Visiter cent pays et cent cités nouvelles :

Tel fut jusqu'à présent mon destin enchanté.

Mais, lassé du désir qui jamais ne se pose,

Et, sans se satisfaire, effleure toute chose,

Je viens chercher en vous bonheur et volupté.

Puissent ceux qui liront ces vers me pardonner d'avoir osé imiter
Lamartine !

2

L'ESPOIR. (*)

AIR :

TOI, toi mortel bienheureux
Qui n'as vécu qu'au sein de l'abondance,
Connais-tu le pouvoir de la sainte espérance?
Non, l'aveugle fortune a comblé tous tes vœux;
Demande à l'artisan qui souffre sans ouvrage.
L'espoir, te dira-t-il, parlant avec amour,
Pour moi c'est le soleil à travers un nuage,
Le doux rayon qui promet un beau jour.

(*) Retrouvant par hasard, parmi mes paperasses de collège, une chanson que je composai, à l'âge de 14 ans, sur un refrain que je connaissais, et une boutade que je fis deux ans plus tard, je les sauve toutes deux du naufrage comme de bonnes amies qui m'ont aidé à passer de longues heures de classe.

Vilaine, mais chère paresse!

Écoute encor ce jeune amant.
A captiver la belle qu'il adore
Il met tout son bonheur. Ah ! ce n'est rien encore.
Lorsque le père enfin, d'un son de voix charmant,
De sa félicité lui donne l'heureux gage,
Tu l'entendras répondre avec un cri d'amour :
L'espoir, c'est le soleil à travers un nuage,
Le doux rayon qui promet un beau jour.

Bientôt, pour flatter nos désirs,
Si nous voyons s'animer la nature,
Voltiger les oiseaux et briller la verdure,
Si le printemps vers nous ramène les plaisirs,
Si nous voyons partout s'épaissir le feuillage,
L'espoir, nous dirons-nous, dans un élan d'amour,
Est pour nous le soleil à travers un nuage,
Le doux rayon qui promet un beau jour.

Janvier 1850.

A THÉRÉSA. (*)

C HANTE toujours :
La voix d'une femme
Me remplit d'amour
Et m'élève l'âme.

Chante toujours :
Comme un doux ramage,
J'entends tous les jours
Ton charmant langage.

Chante toujours,
O voix que j'adore,
Dis : à mon retour,
T'entendrai-je encore ?

(*) Pendant qu'elle chantait une romance, je me mis à écrire ceci sur son piano.

13 Mars 1852.

SOUVENIR D'ITALIE. [']

SOUVENIR A MADAME F***.

UAND je pense à ma mère, à mon père, à la France,
Je sens pleurer mes yeux et mon cœur se briser;
Et, quand je pense à vous, c'est la reconnaissance
Qui vient calmer ce cœur et le tranquilliser.

ADIEU A MISS ESM...

Adieu ! sans peine on peut mourir,
Quand on possède un souvenir qui charme.
Adieu ! se dit souvent dans un soupir ,
Souvent aussi dans une larme !

['] C'est à ma visite d'adieu que j'improvisai ces vers pour Madame F...
et Miss Esm..., sa nièce, qui me priaient de tracer quelques lignes sur
leur album. J'ai trouvé dans cette bonne famille toutes sortes d'attentions
qui sont si douces pour un fils loin de sa mère, pour un voyageur loin
de son pays.

Rome, 16 avril 1856.

DOUCE FLEUR.

———✦———

A MISS SOPHIA R** (*)

Vous connaissez tout le plaisir qu'éprouve
              Notre cœur,
Quand au milieu d'un parterre l'on trouve,
              Par bonheur,
La fleur qui vient par sa seule présence
              A l'instant,
Nous rappeler la patrie ou l'absence
              D'un parent.

(*) J'eus un plaisir infini à connaître cette heureuse jeune personne, fille de l'honorable E. R., ministre de l'instruction publique au C.... Un soir, que son père m'avait invité avec plusieurs de mes amis à prendre le thé, elle me pria de lui écrire quelques vers sur son album. J'improvisai ceux-ci qui firent plaisir.

Si l'on est gai, la gaîté s'en augmente
Doublement ,
Et nous rêvons à la personne absente
Un moment.
Pour moi, Sophia, lorsque mon cœur s'alarme
Par malheur,
Je pense à vous, ce souvenir me charme :
Douce fleur !

3 Février 1856.

ÉPITRE A MON AMI GUSTAVE BARBET. [*]

S1 cette lettre est si pesante,
Pardonne-moi, mon cher ami.
Avec le poids le port augmente :
En moi-même j'en ai frémi.

Excuse donc ce barbouillage
Peu digne d'être lu par toi ;
Car je vois pâlir ton visage
A l'aspect de ce griffonnage
Qui fait fort mal penser de moi.

Excuse, ami, ma pauvre lyre,
Qui se prend à vouloir chanter.
Je ne sais ce qu'elle va dire.
Comme toi, je vais écouter.

---

[*] Pendant mon séjour en Italie, ma pauvre lyre fut muette devant les beautés de Rome, la ville éternelle, de Naples la jolie, de Venise la belle. Pourquoi s'en étonner ? D'abord, à côté d'une merveille, souvent j'avais une déception, et puis mon cœur était loin de ceux que j'aime; or, sans un souffle d'amour qui réchauffe l'âme, adieu la poésie.

Un jour, dans Naples la joyeuse,
Deux jeunes gens, Français tous deux,
Vers une table assez piteuse
Se dirigeaient d'un air heureux.
L'un était grand, de belle allure,
Très-distingué, charmant garçon,
Ayant surtout bonne façon,
Portant sur sa mâle figure,
Sévère et pleine de douceur,
La franchise de son bon cœur.
Par sa moustache bien frisée,
Des deux côtés bien divisée,
Sa plus grande occupation,
L'autre attirait l'attention.
Comme compagnon de voyage,
Chacun a son prêtre avec lui.
Pour avoir l'œil sur le bagage,
Et se charger de tout l'ennui,
Laissant un troupeau qui murmure,
De concert avec son neveu,
L'un s'est sauvé loin de sa cure ;
L'autre d'une place future
Voit son avenir tout en bleu.
Sur le jeune homme à la moustache,
Soudain l'œil du curé s'attache,

Il revoit son cher paroissien.
Sur son visage on voit la trace
De son plaisir ; puis on s'embrasse :
Alors commence l'entretien.
Tous ensemble on fait connaissance ;
Des plaisirs on prend la moitié,
Et c'est en parlant de la France
Que se cimente l'amitié.

Peut-être, lassé de me lire,
Tu détournes déjà les yeux.
Ecoute encor : je veux décrire
Ces bons moments, ces jours heureux
Que nous avons passés tous deux
Dans Naples, cette paresseuse,
Où l'on chante et rit à gogo ;
Où la sentinelle frileuse
Se chauffe au feu du brasero ;
Où l'insouciant lazzarone,
Le long d'un trottoir endormi,
Rêve que sa chère madone
Le comble de macaroni.
Alors, oubliant sa détresse
En regardant son ciel si pur,

Il chasse aussitôt la tristesse,
Et dans sa naïve allégresse
Il chante son golfe d'azur.

Oui, ma joie est toujours nouvelle
Quand par hasard je me rappelle
L'excursion de Pompéï.
Mais par la grotesque aventure
De notre maudite voiture
Voilà mon esprit envahi.
Je ne puis m'empêcher de rire
En te retraçant ce tableau.
Je vois William (*), ce pauvre sire,
Qu'on fit passer par un carreau ;
La route qu'une faim cruelle
Semblait devoir rendre éternelle,
Chaque fois que l'abbé disait
Que pour le coup on arrivait.
Ah ! mon ami, qu'allions-nous faire
Dans cette maudite galère ?

(*) Jeune Anglais, notre ami et compagnon de voyage pendant six mois.

Depuis sont passés bien des mois.
Allons, Gustave, allons, alerte !
Et dans cette ville déserte
Marchons une seconde fois.
Ouvrons nos yeux et nos oreilles,
Ecoutons le docte Mourot (*),
Dont chaque geste, chaque mot
Donne la clef de ces merveilles.
Du char qui, la veille, a passé
Sur la dalle suivons l'empreinte ;
Lisons ce vers presque effacé,
Puis pénétrons dans cette enceinte.
Vois-tu dans ce temple divin
Cette table si bien servie ?
C'est en train de cuver son vin,
Tout en chantant joyeux refrain,
Que le prêtre y perdit la vie.
Pour fuir sans faire aucun effort,
C'est plus loin qu'une sentinelle,
A sa consigne trop fidèle,
A son poste trouva la mort.
Ami, plaignons son triste sort !

(*) Notre guide.

C'est là que Balbus et qu'Auguste
Vinrent visiter Cicéron.
C'est là que Sénèque le Juste
Accompagnait le beau Néron.
Enfin, si j'ai bien souvenance,
Oui, c'est au pied de Pompéï
Que tous nous fîmes connaissance
Avec le Lacryma–Christi.

Sur Naples, en beautés féconde,
Je parlerais jusqu'à demain.
Mais chut! ma muse vagabonde
S'en va tout droit au mont Cassin.
Je vois ces routes élevées,
Où je cheminais avec toi,
Ces violettes par toi trouvées,
Que tu partageais avec moi,
Pour que dans nos lettres placées
Elles pussent, doux talisman,
Porter nos secrètes pensées,
A la mère qui nous attend.
Quelle hospitalité charmante
Nous trouvâmes dans ce couvent!
Quelle attention prévenante,

Et qu'on rencontre peu souvent !
Souviens-toi du pauvre visage
Que fit mon malheureux abbé
Quand il aperçut le dîné.
C'était, sans compter le potage,
Quatre grands plats, tous au fromage.
Puis il me semble toujours voir
Ce court moment des plus comiques,
Où, dans la prière du soir,
Nous allions nous mettre en devoir
De prier pour les hérétiques.

Si de me lire tu n'es las,
Vers Rome dirigeons nos pas.
Mais n'entrons pas dans cette auberge
Où, grâce à la clarté d'un cierge,
Dans mon lit je vis par bonheur,
Des cheveux de toute couleur.
Allons, en avant, mon brave homme,
Allons, en avant, Mellella (*).
Dans le lointain je revois Rome :
Enfin, enfin nous y voilà.

(*) Notre cocher, gros père réjoui.

3

En cherchant bien dans ma cervelle ,
Ah ! si j'étais moins paresseux,
Je voudrais par des vers pompeux
Dépeindre la ville éternelle.
Mais gardons le style badin :
Je n'aime pas être si grave.
Surtout avec toi , cher Gustave ,
Je veux rire jusqu'à la fin.

Oui , je le dis avec franchise ,
Marquis , ta jambe est fort bien prise.
Vois donc la mienne : en vérité ,
A-t-elle cette qualité ?
Je vois ce qu'il faut que je fasse.
Hélas ! je vais m'y décider.
Pour lui donner un peu de grâce
Commençons par la rembourrer.
Maintenant entrons dans Saint-Pierre.
Le vent qui souffle n'est pas bon.
Je crois qu'on chuchotte derrière.
Mon Dieu ! perdrai-je mon coton ?

Quel bonheur ! la messe est finie :
Nous en sommes tous satisfaits ,
Ah ! sans plus de cérémonie,
Courons réchauffer nos mollets.
Culotte , ma chère relique,
Vraiment j'aime à te contempler :
Je pense au moment si critique
Qu'il nous a fallu supporter.

Enfin, si je voulais décrire
Chacun des accidents heureux
Qui nous ont fait rire tous deux ,
J'en aurais pour longtemps à dire.
Mais le plus beau de ce voyage ,
C'est d'avoir rencontré, crois-moi,
Un ami presque de mon âge ,
Surtout un ami tel que toi.

Les bons amis comme mon cher Gustave sont bien rares. C'est avec lui que j'ai passé mes plus heureux moments dans ce beau voyage d'Italie. Il est donc bien juste que je lui dédie cette pauvre épître. D'ailleurs, en la lui adressant, je voulais le punir de son silence à mon égard , et lui faire payer un gros port de lettre afin de l'engager à m'écrire plus souvent.

7 Janvier 1857.

L'ANNIVERSAIRE. [1]

A MADEMOISELLE DARDEL.

D E même que la fleur dont l'odeur embaumée,
Dernier don que nous fit l'amante bien-aimée,
Vient raviver en nous un touchant souvenir,
De même, il est un jour que nous devons bénir,
Triste jour, qui rappelle à notre âme éplorée
Un père qui n'est plus, une sœur adorée.
C'est alors que tournant nos regards vers les cieux,
A genoux devant Dieu, nous l'implorons pour eux.
O regrets ! ô douleurs ! coulez, coulez mes larmes ;
Car à pouvoir pleurer, il est encor des charmes.

[1] C'est à l'occasion d'une messe anniversaire à laquelle je ne pus assister, empêché par le mauvais temps, que je fis ce dizain, pour prouver à notre bonne voisine, Mlle Dardel, que du moins je prenais part à sa peine.

4 Janvier 1857.

L'AVEUGLE ET SON CHIEN. [*]

LLONS, partage, ami, ma carrière souffrante ;
Guide, ô mon pauvre chien, ma marche chancelante,
Et par tes cris joyeux, tes regards caressants,
Implore, pour tous deux, la pitié des passants.

Ils ne sont plus ces jours de mon enfance,
Jours pleins de charme, et remplis de gaîté,
Où, fol enfant, dans mon insouciance,
      J'osais narguer la pauvreté.
Mais, amenée hélas ! par la misère,
L'affreuse faim un jour vint me trouver.
Eh ! quoi, Seigneur, en m'ôtant la lumière,
      Vouliez-vous m'éprouver ?

---

[*] C'est un bon vieil aveugle que je voyais assez souvent sur ma route, en allant me promener, qui m'inspira ce chant élégiaque.

Pauvre aveugle, conduit par ton fidèle caniche, que ta bonne figure me plaisait !

Allons , partage , ami , ma carrière souffrante ,
Guide , ô mon pauvre chien , ma marche chancelante,
Et par tes cris joyeux , tes regards caressants ,
Implore , pour tous deux , la pitié des passants.

Ah ! tu n'es plus , ma compagne chérie ,
Tu n'es plus là pour partager mon sort !
Depuis le temps, où tu me fus ravie ,
    Mon cœur soupire après la mort.
Mais qu'ai-je dit ? dans ma douleur extrême
J'oublie hélas ! mon précieux trésor ;
Pardon , mon Dieu , pour mon enfant que j'aime
    Oui , je veux vivre encor.

Allons , partage , ami , ma carrière souffrante ,
Guide, ô mon pauvre chien , ma marche chancelante,
Et par tes cris joyeux , tes regards caressants ,
Implore, pour tous deux , la pitié des passants.

Cesse tes pleurs , prisonnier que désole
Le triste aspect de tes affreux barreaux ,
N'entends-tu pas une voix qui console ,
    Te promettre des jours plus beaux ?

Hélas ! pour moi, je n'ai plus d'espérance ,
Je porte envie à ta captivité....
Mais résigné , supportons en silence
    Ma triste infirmité.

Allons, partage, ami, ma carrière souffrante,
Guide, ô mon pauvre chien, ma marche chancelante,
Et par tes cris joyeux, tes regards caressants,
Implore, pour tous deux , la pitié des passants.

    Vous qui passez , soulagez ma misère ,
    Du superflu faites-moi charité :
    Je prîrai Dieu pour que , sur cette terre ,
        Il vous comble de sa bonté.
    Car le bon Dieu bénit la main qui donne
    Au malheureux hélas ! qui n'y voit pas ,
    Et, tôt ou tard , il reconnaît l'aumône
        Qu'on a faite ici-bas.

20 Janvier 1857.

ÉPITRE A MON FACTEUR.

L est un homme fort modeste,
Et de tous les gouvernements,
Toujours courant, riant du reste,
Que nous voyons à tous moments
Dans tous les arrondissements.
Par le beau temps, par la froidure,
Depuis le matin jusqu'au soir,
En portant, ainsi que Mercure,
Des secrets de toute nature,
A chaque instant on peut le voir.
A peine il effleure la terre,
Et rien ne saurait l'arrêter.
Que de gens il va contenter,
Et qu'à d'autres il va déplaire !

C'est pour le facteur, mon ami,
Que j'écris ces vers aujourd'hui,
Lui, dont la subite présence
Me cause toujours du bonheur,
Lui dont le retard ou l'absence
Me rendent morose et boudeur.
Je le proclame, à sa louange,
Non, jamais il ne me dérange ;
Et, quand à mon cœur amoureux
Il porte une bonne nouvelle,
Ah ! dans un élan généreux,
Je fouille dans mon escarcelle,
Et je rends le brave homme heureux.

Dites-moi, belle jeune fille,
De cet air coquet et mutin,
Pourquoi donc, de si grand matin,
Courir de charmille en charmille ?
Je vais vous dire le pourquoi.
Mais ne rougissez pas, ma chère ;
De grâce, calmez votre effroi :
Nous sommes loin de votre mère,
La cause de ce doux émoi,

C'est que vous savez qu'à la porte
Où votre cœur s'est élancé ,
Le facteur est là qui vous porte
Des nouvelles d'un fiancé
Que vous aimez et qui vous aime.
Bien que lui faisant un cadeau ,
De plus , dans votre joie extrême ,
Si le brave homme était plus beau ,
Vous l'embrasseriez tout de même.

Mais il n'est pas toujours plaisant
De voir venir le personnage ,
Car , ma foi ! souvent son message
Est bien loin d'être séduisant.
Pour vous prouver ce que j'avance ,
Je ne veux citer qu'un seul fait ,
Après lequel certes , je pense ,
Un chacun sera satisfait.
Voyez la figure orageuse
De ce pauvre petit rentier ,
Auquel une lettre fâcheuse
Annonce hélas ! que son banquier
A fait une faillite heureuse ,

Vous le voyez , sur le moment ,
En proie au découragement.
Ah ! dans cet instant détestable ,
Il voudrait le facteur au diable !

Allons , marche , sans t'arrêter ,
Infatigable messager ;
Visite bien chaque demeure ,
Marche jusqu'à ta dernière heure ,
Car je te crois un peu parent
Du très-illustre Juif-Errant.

24 Janvier 1857.

AVE MARIA. [']

A MA TANTE.

SALUT, Vierge Marie, éblouissante aurore,
Source de toute grâce, ô mère que j'implore;
De ton Fils adoré fais-nous aimer la loi;
Le Sauveur des humains, Marie, est avec toi.
Gloire à Dieu tout-puissant ! Parmi toutes les femmes
Il a su te choisir pour lui porter nos âmes.
Devant ton divin Fils le monde est à genoux.
Mère du Rédempteur, implore-le pour nous !
O Vierge vénérable, ô Vierge deux fois sainte,
Nous sommes tes enfants, écoute notre plainte :
Implore-le toujours pour adoucir le sort
De l'enfant au berceau, de l'homme au lit de mort.

['] L'oraison dominicale de M. de Lamartine, m'a donné l'idée de
mettre l'*Ave Maria* en vers pour ma bonne tante. Je n'ai pas réussi
comme je l'eusse désiré; mais, pour chanter les louanges de la Vierge
des vierges, ma lyre sera-t-elle jamais assez harmonieuse?

24 Février 1857.

SÉPARATION.

Ouı ! c'en est fait : d'un débris de moi-même,
Il me fallut hier me séparer.
Certes, j'en eus une douleur extrême ;
Mais de mon mal je me vis délivrer.
Ramassant donc toute la patience
Que j'avais pu conserver jusqu'alors,
J'allai trouver l'homme de la science
Qui mit enfin mon mal *de dents dehors* (*).

(*) Quel sujet de vers, dira-t-on !... Que voulez-vous ? l'occasion.

LA PROMENADE DU POÈTE.

A MON AMI L'ABBÉ.

On croit mon cœur un peu sauvage,
Parce que, dès le point du jour,
Sortant, non sans un grand courage,
D'un lit, objet de mon amour,
On me voit tantôt, dans ma terre,
Courir cotoyant les marais,
Tantôt, dans un bois solitaire,
Choisir l'endroit le plus épais.

Souvent aussi d'un pas rapide
Je descends le cours du ruisseau,
Et suis des yeux l'onde limpide
Où se mire en passant l'oiseau ;

Quand un nuage à sa surface
Parfois reflète sa blancheur,
J'en suis la fugitive trace
Qui passe comme le bonheur.

Souvent, à travers la prairie,
Tapis aux brillantes couleurs,
A la hâte et sans symétrie,
Je forme un gros bouquet de fleurs.
Ce bouquet, ces belles corolles,
Quand je rentre dans mon logis,
Mieux que de savantes paroles
Me font rêver au Paradis.

Ici-bas les fleurs sont l'emblème
Des vertus qui brillent aux cieux ;
Et le cœur, le cœur qui les aime,
Trouve leur sens mystérieux.
J'aime les lis, les blanches roses,
L'œillet, le jasmin, le muguet.
Ah ! qui dirait toutes les choses
Que le cœur voit dans un bouquet ?

27 Février 1857.

ANÉMONE ET ROSIER.

Phébus terminait sa carrière,
Et nous promettait un beau jour;
L'oiseau, caché sous la bruyère,
Achevait un hymne d'amour.

Le vent agitait le feuillage,
Et soupirant dans les roseaux
Mêlait son gracieux langage
A celui des petits oiseaux.

A travers la plaine qui germe,
Au loin l'honnête laboureur
Gaîment revenait à la ferme
Se reposer de son labeur.

A l'heure où les bruits de la terre
Semblaient devoir bientôt finir ,
Suivant un chemin solitaire,
Je méditais sur l'avenir.

Soudain quelle fut ma surprise ,
Quand , arrivant auprès d'un bois ,
J'entendis, porté par la brise,
Le doux murmure de deux voix !

« L'amour embellissait ta vie;
» Mais il fut cause de ta mort.
» Que de cœurs te portent envie ,
» Et seraient contents de ton sort !

» Mourir dans les bras d'une belle ,
» Cher Adonis , est-ce périr ?
» Mourir , les yeux fixés sur elle ,
» C'est s'éteindre , mais non mourir.

» O jour fatal , plein de tristesse ,
» Qui te vit , hélas ! sans retour
» Quitter la plus belle déesse
» Qui t'enivrait de son amour !

» Lorsque tu partis intrépide,
» Un Dieu jaloux voulait ton sang,
» Mars, sous une forme perfide,
» D'un coup mortel perça ton flanc.

» Longtemps de ses plaintes cruelles,
» Longtemps Vénus fit retentir
» Les solitudes éternelles,
» Qui te virent naître et mourir.

» Elle voulut, la tendre amante,
» Garder l'objet de son amour.
» Soudain, Anémone charmante,
» Près de moi tu brillas au jour.

» — Hélas! répondit l'Anémone,
» Hélas! quel touchant souvenir!
» Elle était si belle et si bonne! »
Et le vent rendit un soupir.

« — Ton sang divin, reprit la Rose,
» De la plus douce des couleurs
» Teignit ma feuille à peine éclose,
» Et me fit la reine des fleurs.

» Mais pour toi je n'ai pas d'épine :
» Accepte-moi pour défenseur ;
» Blanche Anémone, ma voisine ,
» Accepte-moi comme une sœur. »

Là s'arrêtait la confidence.
Quand fraîchit la brise du soir ,
J'écoutais toujours en silence :
Je fus trompé dans mon espoir.

Les ténèbres couvraient la terre ,
Lorsque je repris mon chemin ;
Mais je devinai le mystère
En m'éveillant le lendemain.

Dans une corbeille mignonne ,
Par les soins de mon jardinier ,
Je vis la plaintive Anémone
Embellir le pied d'un Rosier.

11 Février 1857.

PLAISIR, PEINE ET BONHEUR.

A MADEMOISELLE M***.

Sur mon chemin, un beau jour, trois enfants,
Le front orné d'une blanche auréole,
Vinrent à moi : tous trois étaient charmants,
Et le plus beau pour tous prit la parole :
« Entre nous trois bien vite fais ton choix.
» Je suis pour toi presque une connaissance.
» On t'a parlé bien souvent du Plaisir.
» Je puis orner, ami, ton existence,
» Et satisfaire à ton moindre désir.
» Jamais de moi tu n'auras à te plaindre.
» Voici ma sœur ; mais songe à l'éviter.
» De sa rigueur tu n'auras rien à craindre,
» Si près de moi tu sais toujours rester.
» Et ce blondin aux yeux bleus, au teint rose,
» C'est mon cousin : nous l'appelons Bonheur ;
» Mais je le crois monotone et morose. »
Là s'arrêta son babil enchanteur.

Sans plus tarder, je dis ma préférence
Pour le Plaisir. Aussitôt sur mes pas
Le fol enfant à chaque instant s'élance.
Je n'en puis plus, mais lui n'est jamais las.
Enfin sa sœur, d'une humeur détestable,
Derrière lui vient toujours se fourrer.
Elle me rend la vie insupportable :
De tous les deux je veux me séparer.

Applaudissant à ma métamorphose,
Tout abattu, je rebrousse chemin.
Je vis encor le bonheur au teint rose,
Qu'hélas ! j'avais dédaigné le matin.
Le bel enfant, sans la moindre rancune
Fixant sur moi son regard caressant :
« Ami, dit-il, ton erreur est commune :
» Tu viens à moi ; je suis reconnaissant.
» A l'avenir crains donc la flatterie ;
» Car là jamais tu ne me trouveras.
» Va, mon ami, va, c'est près de Marie
» Que désormais tu me rencontreras (*). »

(*) Et je le crois fermement, Marie, c'est près de vous que je trou-
verai le plus réel et le plus pur bonheur. Puisse-t-il bientôt arriver
ce jour qui mettra le comble à tous mes vœux, à tous nos vœux !

3 Mars 1857.

LA TOURELLE.

A MADEMOISELLE M***.

A deux pas de Paris, la ville universelle,
Que toujours je fuirai, fut-elle encor plus belle,
Où le Plaisir, en maître, ouvre à tous les passants,
Quel que soit leur état, sa porte à deux battants ;
Où l'or, ce triste dieu, d'adorateurs sans nombre,
Des honteux sentiments nourrit la foule sombre ;
Où l'on entend partout, toujours, toujours du bruit,
Commençant dès le jour sans décesser la nuit,
J'ai trouvé, sans chercher, selon mon habitude,
Un endroit ignoré, charmante solitude,
Où les bruits de Paris ne parviennent jamais
Pour en troubler le charme, en détruire la paix.
C'est là que ma santé, bien longtemps compromise,
Grâce à Dieu, maintenant, s'est tout à fait remise.

Allons, ma pauvre muse, allons, recueille-toi :
Que tes accords soient doux pour chanter avec moi
Ce ravissant pays, cette blanche tourelle,
Ce talus verdoyant, d'où la vue est si belle,
Ce bois délicieux où des milliers d'oiseaux,
Messagers du printemps, fuyant loin des côteaux,
Viennent, en m'égayant par leur joyeux ramage,
Choisir dans les massifs l'arbre dont le feuillage
Pourra le mieux cacher, aux regards de l'autour,
Les fruits, les tendres fruits de leur premier amour.

Chaque jour je m'en vais à travers la prairie,
Tout en pensant à vous, mon aimable Marie.
Vers un vieux pavillon admiré des passants,
Et qui peut nous prouver que, mieux que leurs enfants,
Nos pères, nos aïeux, en cherchant le durable,
Au beau savaient parfois unir le confortable.
Partout autour de moi règne l'activité,
Et je sens dans mon cœur redoubler la gaîté.
Chaque ouvrier travaille, et, penché sur l'ouvrage,
Essaie à rajeunir cette œuvre d'un autre âge.
La pluie avait pourri ses beaux panneaux boisés ;
Le vent soufflait partout par ses carreaux brisés ;
Mais, secouant enfin son antique poussière,

Il paraît aujourd'hui dans sa splendeur première.
Mon âme est satisfaite, et je nourris l'espoir
Que le moment est proche où je pourrai m'asseoir
Sous ses riches lambris, près de celle que j'aime.
Coulez, coulez, mes jours, vers cet instant suprême.

Mon chien, mon brave Stop, m'accompagne parfois,
Et nous suivons tous deux la lisière du bois.
Tandis que mon esprit rêve à mes fiançailles,
Stop fait la chasse au merle à travers les broussailles.
Mais enfin quand j'arrive au talus, je m'assieds :
Mon chien vient à son tour se coucher à mes pieds,
Et je puis admirer cette vaste étendue,
Pittoresque ruban qui repose la vue.
Sur la route de T...., là-bas, dans le lointain,
Je vois se dessiner la silhouette d'un train.
Mais, malgré la vitesse avec laquelle il passe,
Mon cœur plus vite encore a su franchir l'espace.
Parfois un beau soleil, glissant sur les côteaux,
Vient offrir à nos yeux les plus riants tableaux,
Ce sont des laboureurs, enfants de la Lorraine.
Qui travaillent gaîment sans songer à leur peine,
Pendant que le fermier, près de mon pavillon,

Puise dans un grand sac , et sur chaque sillon
Fait pleuvoir la semence, et calcule en lui-même
Le revenu prochain de ce que sa main sème.
Car le printemps revient ; on le peut entrevoir.
L'hiver , l'hiver s'enfuit : tout renaît à l'espoir.
Partout, autour de nous , s'anime la nature
Qui semble pour nous plaire apprêter sa parure.

À ce spectacle hélas ? faudra-t-il m'arracher?
Avec peine mes yeux peuvent s'en détacher.
Déjà j'entends au loin la cloche qui m'appelle.
Adieu donc , à demain , ma gentille tourelle.
Allons , Stop , levons-nous , gagnons à travers bois ,
De peur qu'on ne nous sonne une seconde fois.
S'il en était ainsi , quelle méchante affaire !
Quand elle attend , ma tante est prompte à la colère.
Cours en avant , mon Stop ; nous n'aurions pas raison ;
Vite cours annoncer ton maître à la maison (*).

(*) Si nous quittons ce charmant pays, comme nous en avons l'intention,
pour nous éloigner de Paris, je regretterai deux choses, mon bon voi-
sinage d'abord, ensuite cette belle tourelle, vieille de deux siècles,
et qui restera encore bien longtemps debout, si la main des hommes
ne vient pas en aide à l'action du temps.

5 Mars 1857.

RÊVE D'AMOUR.

A MADEMOISELLE M***.

A nuit dernière,
(Charmant mystère !)
Je m'endormais,
Et je rêvais .
A vous, Marie,
Bonne et jolie.
Je vous disais
Que pour la vie
Je vous aimais.
Vous étiez fière
De mes aveux :
Vos beaux yeux bleus
Vers moi, ma chère,

Se dirigeaient,
M'interrogeaient.
Folle caresse
Peut tout oser.
De ma tendresse
Un doux baiser,
Doux témoignage,
Dans le bocage,
Fut le seul gage
Que nos amours
Vivront toujours.

Mais, chose étrange !
Soudain tout change.
Devant l'autel,
Jour solennel !
Chère Marie,
Oui, pour la vie,
Dieu nous bénit
Et nous unit.
Après la messe,
Chacun s'empresse,
Autour de vous,
Autour de nous ;
Puis, pour la fête,

Chacun s'apprête.

Que de gaîté !

Chaque invité

Se fait inscrire.

Mais, (ô délire !)

Voilà minuit ,

Et je respire.

Tout m'éblouit

Et m'étourdit.

Loin de la danse,

Vite en silence ,

Pour être heureux

Fuyons tous deux.

A ce beau rêve

Qui me charmait

Un bruit m'enlève :

Tout disparaît.

Sur cette terre ,

Dieu redouté ,

En toi j'espère.

Que ta bonté

Me favorise ,

Afin qu'un jour

Rêve d'amour

Se réalise.

7 Mars 1837.

STANCE

Que je mis au bas d'un portrait représentant Notre-Dame-des-Victoires

PRÉSENT DE MA BONNE TANTE.

TOI, dont le doux nom, révéré sur la terre,
Marie ! espoir de tous, soulage la misère,
Protège tes enfants, protège chaque jour
Celle pour qui mon cœur a tressailli d'amour !
Que j'aime ton regard, et que, dans ma souffrance,
J'aime ton doux sourire où je lis l'espérance !

9 Mars 1857.

LE MAUVAIS OUVRIER.

TIRÉ D'UNE POÉSIE D'HÉBEL LE POÈTE DE BADE.

Couci, couci , j'appris un bon métier.
Pour le savoir, je le sais bien sans doute ;
Si l'on veut voir un fameux ouvrier,
Qu'on vienne alors me payer une goutte (*bis*).

     Couci , couci ,
      Vieux sans souci ,
     Père Latreille ,
     Vite , une autre bouteille.

Oui , le travail , je le dis franchement ,
N'est vraiment bon qu'à vous casser la tête :
J'aimerais mieux , en bon chrétien , vraiment
Voir tous les ans grossir les jours de fête.

Couci , couci ,
Vieux sans souci ,
Père Latreille ,
Vite , une autre bouteille.

« Aucun patron ne voudra t'occuper : »
Voilà toujours ce que disait ma mère.
Mais, un beau jour, voulant la détromper,
J'ai voyagé sur la terre étrangère.

Couci , couci ,
Vieux sans souci ,
Père Latreille ,
Vite , une autre bouteille.

Et savez-vous ce qui m'est arrivé ?
Je n'ai trouvé, dans toute une semaine,
Que sept patrons ! Ils m'ont tous éprouvé :
Je n'ai donc pas perdu toute ma peine.

Couci , couci ,
Vieux sans souci ,
Père Latreille ,
Vite , une autre bouteille.

Je suis, je crois, un fameux ouvrier.

Mais, jusqu'au jour où la mort nous attrape,

Ainsi que moi, désertez l'atelier,

Et jusqu'au bout pressons, pressons la grappe.

       Couci, couci,

       Vieux sans souci,

       Père Latreille,

       Vite, une autre bouteille.

11 Mars 1857.

ADORATION DU ST-SACREMENT A VILLENEUVE.

QUELLES sont, en ce jour, ces notes solennelles,
  Ces sons mélodieux ?
On dirait les doux chants et les voix éternelles
  Des anges dans les cieux.
Je m'arrête, frappé d'une aimable surprise,
  Et reste tout rêveur;
Puis j'arrive à pas lents sur le seuil de l'église,
  Demeure du Sauveur.
Là, le cœur pénétré d'une divine flamme,
  Je fléchis les genoux :
Je suis devant mon Dieu, créateur de mon âme,
  Des maîtres le plus doux.
Salut, ô Dieu caché ! salut, grandeur suprême
  Qui parais devant moi !

Ah ! pour tant de bontés tu demandes qu'on t'aime,
  Et qu'on suive ta loi.

Dis—moi, mon Dieu, dis-moi, lorsque, quittant la terre,
  Chaque homme, ton enfant,

De ce monde, où le mal règne avec la misère,
  Sortira triomphant,

Après avoir longtemps supporté sans murmure,
  Sans crainte et sans effroi,

L'épreuve du malheur qui rend la créature
  Moins indigne de toi,

Dis-moi, mon Dieu, dis-moi, pour un jour de tristesse
  Ah ! que de volupté !

Que de bonheur là-haut ! que de jours d'allégresse !
  Et quelle éternité !

13 Mars 1857.

LA PREMIÈRE VIOLETTE.

A MADEMOISELLE M***.

> L'obscure violette, amante des gazons,
> Aux pleurs de leur rosée entremêlant ses dons,
> Semble vouloir cacher sous leurs voiles propices
> D'un pudique parfum les discrètes délices,
> Pur emblème d'un cœur qui répand en secret
> Sur le malheur timide un modeste bienfait.
>
> BOISJOLIN.

De notre bois je suivais la lisière,
Tout en rêvant à mes chastes amours ;
Mon cœur à Dieu s'élevait en prière,
Quand je te vis, te cachant sous le lierre,
O violette, annoncer les beaux jours.

Charmante fleur , aimable messagère ,
Oui , c'est bien toi ! te voilà parmi nous !
Hélas ! demain tu quitteras la terre.
Réjouis-toi : je vois déjà ma mère ,
Heureuse alors , te cueillir à genoux.

Les autres fleurs sans doute sont brillantes ;
Mais leur éclat importune les yeux.
En les dotant de ces formes savantes ,
L'art les rendit moins simples , moins charmantes ,
Et leur ôta leurs parfums précieux.

Pour toi , mignonne , attentive à nous plaire ,
Tu sais toujours te contenter de peu.
Tu vis tranquille , heureuse et solitaire ,
En embaumant ton petit coin de terre.
Vraiment toi seule es la fleur du bon Dieu.

A ton aspect disparaît la souffrance ;
Près d'un malade ah ! qu'on aime à te voir
Charmer les jours de sa convalescence !
Tous les matins ta joyeuse présence
Lui rend la force en lui parlant d'espoir.

Ah ! pour mon cœur toi seule es la plus belle !
En te voyant je songe tour à tour
Aux jours heureux , à la saison nouvelle ,
Au tendre ami qui vers lui me rappelle ;
Enfin souvent tu me parles d'amour.

O douce fleur ! fleur sans coquetterie !
Parfume l'air d'amour et de bonheur.
Car, pour revoir l'image de Marie,
J'accours vers toi, violette chérie ,
Et, tout tremblant, je te mets sur mon cœur.

22 Mars 1857.

MA PASSION.

AIR : *L'amour, c'est de la diablerie.*

ÉLAS ! hélas ! quel est ce trouble
Qui vient déranger mon bonheur ?
De vitesse mon cœur redouble ,
Et je prévois quelque malheur.
Bichette a pour moi plus d'un charme :
Soixante ans est l'âge qu'elle a. (*bis*)
Son seul sourire me désarme.
C'est un plaisir d'aimer comme ça. (*bis*)

Regardez : cet ange que j'aime ,
Si vif et si spirituel ,
A résolu le grand problème
Du mouvement perpétuel.

Le premier jour qu'à mon oreille
Sa voix si pure résonna, (*bis*)
Je crus entendre une corneille.
C'est un plaisir d'aimer comme ça.

Oui, sa taille est des plus coquettes,
Son maintien des plus gracieux ;
J'aime la paire de lunettes
Dont elle ombrage ses deux yeux ;
Ses dents si blanches et si fines,
C'est à toutou qu'on les cassa. (*bis*)
Ah ! n'est-ce pas , chères voisines,
C'est un plaisir d'aimer comme ça.

26 Mars 1857.

PRIÈRE DU SOIR.

—

PENSÉE.

U n jour de plus s'est écoulé pour moi :
Demain m'échappe encore. Au nom de ceux que j'aime
Accorde-moi la vie, ô Dieu, bonté suprême !
   Car chaque jour, nous le devons à toi.
Accorde le bonheur à mon père, à ma mère.
Tout bonheur est en toi : c'est en toi que j'espère ;
   Jusqu'à la fin je veux suivre ta loi.

28 Mars 1857 au soir (*).

(*) Quelle belle soirée ! Quel magnifique manteau, tout brodé de magnifiques étoiles d'or ! J'en distingue une plus brillante que toutes les autres ; c'est l'étoile, chère Marie, qui me guide vers vous.

6

MES VINGT ANS.

Aujourd'hui j'ai vingt ans. Que d'autres à cet âge
Ne savent de leur cœur réprimer les désirs !
Que d'autres, n'écoutant que la voix des plaisirs,
Usent, sans y penser, leur force et leur courage !

Aujourd'hui j'ai vingt ans. Mais la brillante image
De ces moments joyeux n'a pu me retenir.
Ils n'ont laissé chez moi qu'un vague souvenir,
Et mon cœur détrompé n'y voit plus qu'un mirage.

Combien de vous, amis, par un joyeux festin,
Qui toujours pour le moins dure jusqu'au matin,
De leurs vingt ans sonnés fêtent l'anniversaire !

Amusez-vous. De moi vous pouvez vous passer.
Ce soir, pour mes vingt ans j'attends ma bonne mère,
Que je vois tout heureuse accourir m'embrasser.

4 Avril 1857.

MARGUERITE.

Vous êtes belle, Marguerite,
Belle comme un ange des cieux :
Vous avez de bien jolis yeux,
Un beau front et de blonds cheveux,
Une bouche rose et petite
Où l'on voit régner la gaîté.
Ah ! certes Dieu, dans sa bonté,
Vous fit un don de la beauté.
Serait-ce votre seul mérite ?

J'aime votre élégant maintien.
En vous voyant je me retrace
Ces petits anges pleins de grâce,
Prêts à s'élancer dans l'espace,
Emportant les vœux du chrétien !

Votre mise est riche et parfaite ,
Votre main est blanche et coquette.
Oui , mais cette main si bien faite
Du pauvre est-elle le soutien ?

Afin d'être encore plus belle ,
Marguerite , il faut l'ignorer.
Laissez les gens vous admirer ;
Ne faites rien pour attirer
La flatterie : elle est mortelle.
Fuyez son charme empoisonneur.
Sitôt qu'elle entre dans un cœur,
Tout est fini ; plus de bonheur !
Et Marguerite le sait-elle ?

Devinant vos moindres désirs ,
Aussitôt votre bonne mère ,
Heureuse de pouvoir vous plaire ,
Remûrait le ciel et la terre
Pour vous entourer de plaisirs.
Si parfois vous êtes rêveuse ,
O ma belle capricieuse ,
Vous vous croyez bien malheureuse.
Où vont-ils ces profonds soupirs ?

Soyez donc belle , ô ma mignonne ,
Mais soyez belle avec candeur.
Si la beauté ravit le cœur ,
La modestie en est la fleur ,
Et des vertus c'est la couronne.
Désirez-vous complaire à tous ,
Faites le bien ; rien n'est plus doux ;
Et vos amis diront de vous :
Elle est aussi belle que bonne.

11 Avril 1857.

SEUL TOUJOURS.

A u milieu du monde
   Et de ses plaisirs ,
Où toujours l'on sonde
   Vos moindres désirs ;
Où, quand on est riche ,
   On a tous les jours
La cour d'un fétiche ;
   Seul je suis toujours.

   Perdant l'espérance
   De me voir guérir ,
   J'ai quitté la France
   Pour aller mourir.
   J'ai vu cent visages ,
   J'ai vu bien des cours ,
   Et dans mes voyages
   Seul j'étais toujours.

Quand dans ma patrie
Je fus de retour,
Ma mère chérie
Priait chaque jour;
Mais, bonté suprême,
Viens à mon secours.
Près de ceux que j'aime,
Seul je suis toujours.

D'un destin bizarre
Je subis les lois;
Car, si je m'égare
Au milieu des bois,
L'oiseau sous l'ombrage
Chante ses amours.
Moi seul, sans courage,
Seul je suis toujours.

6 Juin 1857.

ABSENCE.

A. M. M. G.

J E ne puis plus supporter votre absence.
Pourquoi tarder à venir parmi nous ?
J'étais ravi d'être en votre présence,
J'étais heureux d'être assis près de vous.

Si vous chantiez, ô bonheur sans mélange !
Si vous chantiez, souvenir précieux !
Il me semblait entendre le bel ange
Qui m'a quitté pour remonter aux cieux.

Je n'ose pas me le dire à moi-même ;
Ou je le dis, si je l'ose, bien bas :
Oui, sans espoir, sans espoir je vous aime,
Et cependant vous ne le saurez pas.

Ah ! revenez ; rendez-moi l'allégresse.
Vous aviez dit : Je m'en vais pour huit jours.
Ils sont passés ces huit jours de tristesse.
J'attends encore : attendrai-je toujours ?

11 Juin 1857.

LA FÊTE-DIEU. (*)

A MA BONNE MÈRE.

ouvrons de fleurs les dalles de l'église :
Un Dieu se montre à nous !
D'un saint amour que chacun rivalise ;
Tombons à ses genoux.

Il est un jour qu'on se rappelle
Avec délice, avec bonheur ;
Un jour, que dis-je ? une heure solennelle
Où d'allégresse on sent battre son cœur ;
Un jour où le bonheur, si rare sur la terre,
Nous fait sourire à l'avenir ;

(*) Pendant que l'on faisait la procession du Saint-Sacrement, j'ai pensé au beau jour de ma première communion, j'ai pensé à ma bonne mère ; et, de retour chez moi, j'ai écrit cette pensée pour elle.

Un jour que le cœur d'une mère
Voudrait ne voir jamais finir,
Lorsqu'elle voit près de la Sainte table
Son enfant s'avancer pour la première fois,
Et promettre à Jésus, à ce maître adorable,
De rester fidèle à ses lois.

Couvrons de fleurs les dalles de l'église :
Un Dieu se montre à nous !
D'un saint amour que chacun rivalise ;
Tombons à ses genoux.

Mais quelle est donc la cause de ces larmes,
Mère, qui coulent de tes yeux ?
Ah ! dis-le-moi, si tu t'alarmes,
C'est de voir ton fils trop heureux.
Si le passé te fait sourire,
Si le présent te fait rêver,
Tu vois plus loin, ton cœur soupire.
A ton enfant que doit-il arriver ?

Couvrons de fleurs les dalles de l'église :
Un Dieu se montre à nous !
D'un saint amour que chacun rivalise ;
Tombons à ses genoux.

14 Juin 1857.

UN SAC DE CURÉ. (*)

A MADAME G***.

Bon Dieu ! quelle est cette sacoche
Qu'on aperçoit sous votre bras ?
Eh ! quoi, serait-ce un vide-poche,
Ou bien le sac aux embarras ?
Qui peut avoir eu le courage
De vous faire un pareil cadeau ?

(*) M. le curé de Saint-Roch, voulant se faire broder un tapis d'autel, remit à plusieurs de ses paroissiennes un morceau de canevas tout dessiné, et un affreux sac de toile grise pour renfermer l'ouvrage. Madame G..., toujours si gracieuse et mise avec tant de goût, n'allait jamais sans ce malheureux sac qui faisait un étrange contraste avec sa jolie toilette.

Quel que puisse être son usage,
Assurément il n'est pas beau.
Le mot de cette énigme étrange,
Madame, l'aurais-je rêvé ?
On vous dit bonne comme un ange.
Votre secret l'ai-je trouvé ?
Aussi je fais une supplique
Pour que dans St-Roch, cet été,
On mette au rang d'une relique
Un sac qui fut si bien porté.

23 Juillet 1857.

HEUREUX LOISIRS. (*)

A MADEMOISELLE D***.

Esprit charmant, le temps passe trop vite
Quand nous sommes là près de vous.
C'est à regret que toujours on vous quitte :
Nos moments sont toujours si doux !
Nous aimons tant votre sourire !
Et comme nous sommes contents
Lorsque nous vous entendons dire :
« Tous deux, vous êtes mes enfants ! »
Notre joie alors est extrême,
Nous vous regardons tous les deux,
Et dans nos cœurs et dans nos yeux
Vous devez voir si l'on vous aime.

(*) Qu'est devenu le temps où Madame G... et moi nous nous trouvions réunis dans l'atelier de peinture de Mademoiselle D...? Nous nous racontions toutes les anecdotes de Paris en critiquant ceci, cela, ceux-ci, ceux-là. Ces moments auront été les meilleurs de ma vie.

24 Juin 1857.

7

DOUX SOUVENIR.

A MADAME G***.

Sans jamais vous lasser, pour moi chantez encore :
        Votre voix que j'adore,
Réveillant dans mon cœur un profond souvenir,
        Me fait rêver à l'avenir.

Mon Dieu, qu'elle était belle! et que sa voix de femme
        Révélait bien son âme !
J'étais heureux alors, abreuvé de bonheur,
        Et j'osais braver le malheur.

Mais, un jour, vint la mort qui changea mon ivresse
        En douleur, en détresse.
Elle est morte sans moi !... Je vois encor ses yeux
        Qui semblaient me montrer les cieux.

Sans jamais vous lasser, pour moi chantez encore :
Votre voix que j'adore ,
Réveillant dans mon cœur un si- doux souvenir ,
Me fait rêver à l'avenir.

25 Juin 1857.

AMERTUME.

IMITATION.

JE ne m'en cache plus, oui, je vous fuis, Madame :
Vous n'avez pas su voir dans mon cœur de vingt ans ;
Vous n'avez pas compris que tout ce qu'il réclame,
Ce qui se peut donner , sans réfléchir longtemps,
C'était votre amitié. Car le cœur du poète,
Triste , quand il est seul , a besoin pour chanter
De ces rêves d'un jour qui passent par sa tête ;
D'une fée à chérir qui vienne l'exalter,
Qui vienne lui sourire , et qui pour récompense
Laisse tomber sur lui son regard enchanteur.
Mais hélas ! j'étais fou lorsque j'eus l'espérance
Qu'enfin peut-être un jour j'obtiendrais ce bonheur.

Vous eussiez fait vibrer les cordes de ma lyre ;
J'aurais été content de chanter sous vos yeux,
Et de voir quelquefois votre bouche sourire....
J'avais perdu l'esprit ; je reste malheureux.

Ne me demandez pas : « Comment puis-je vous plaire ?»
Mon cœur vous répondrait : demandez à la fleur
Pourquoi, lorsque le vent la couche sur la terre,
Elle attend pour revivre un rayon de chaleur.

26 Juin 1857.

LA FAUVETTE. (*)

E regardais un paysage
Qui me semblait toujours plus beau,
Quand près de moi sous le feuillage
S'offrit un ravissant tableau.

Sur un buisson une fauvette
Chantait et sautait tour à tour,
Pendant que sa mère inquiète
La surveillait avec amour.

(*) C'est une charmante fauvette que j'observais depuis dix minutes dans un buisson, qui m'a inspiré cette fantaisie. La mère était là qui lui montrait à lisser ses plumes et à saisir l'insecte à la volée. C'était un de ces spectacles ravissants que le Créateur semble nous mettre sous les yeux pour nous rappeler que nous avons été l'objet des mêmes soins, de la même tendresse, et que nous devons aimer ceux qui nous ont donné le jour.

Oh ! que cette mère est joyeuse
De contempler son cher petit !
Combien elle se sent heureuse
De le voir sauter hors du nid !

Alors commence une poursuite.
Comme son vol est animé !...
La voyez-vous qui revient vite
Près de son petit affamé?

On lui montre à se faire belle ,
A lisser bien adroitement
Le tendre duvet de son aile ,
Puis à sautiller gentiment.

Allons, au revoir , ma fauvette :
Achève ton œuvre d'amour.
Puissé-je , aimable mignonnette,
Te retrouver un autre jour !

Et je bénissais en silence
Celle dont le bras protecteur
Veilla toujours sur mon enfance
Avec tendresse , avec bonheur.

27 Janvier 1857.

L'ORACLE DES CHAMPS.

A MADEMOISELLE M***.

Is-moi, ma belle Marguerite,
Dis-moi, veux-tu me rendre heureux ?
Si je t'effeuille, ma petite,
Ah ! prends pitié d'un amoureux.

En t'interrogeant sur moi-même,
Tu me réponds toujours : *Beaucoup.*
Sur mon honneur, certes, je l'aime ;
Tu peux le dire à chaque coup.

Si je t'interroge sur *Elle*,
Inquiet, j'attends ton aveu.
Mon âme est discrète et fidèle.
Réponds ; ne dis-tu pas : *Un peu* ?

Un peu ! j'aime ton éloquence
Qui charme et mon cœur et mes yeux ;
Un peu ! mot rempli d'espérance ,
Qui seul déjà me rend heureux.

5 Juillet 1857.

LOIN DE VOUS.

A MADEMOISELLE M***.

ÉLAS ! j'ai dû partir ! me voici loin de vous ;
Mais j'emporte avec moi des souvenirs si doux,
   O mon bel ange , ô ma bonne Marie ,
Que mon cœur est content et mon âme ravie.
Je ne suis donc plus seul ! tout me paraît plus beau :
   Aimé de vous , oui, je reprends courage.
Du chagrin rejetant le pénible fardeau,
Je vois dans l'avenir comme un prochain rivage ,
   Où me sourit votre charmante image.
Je suis heureux , Marie ; oui , je suis bien heureux ;
Car le Ciel semble enfin exaucer tous mes vœux ,
   O mon bon ange, et c'est là votre ouvrage !

Souvent , souvent lorsque je pense à vous ,
Je voudrais être oiseau pour m'envoler là–bas.
Mais, ne le pouvant pas, je tombe à deux genoux,
    Et je vous tends les bras.

7 Juillet 1857.

ROSE D'AMOUR.

A MADEMOISELLE M***.

BLANCHE rose de la Touraine ,
Te voici bien loin de tes sœurs.
Là tu brillais comme une reine ,
Et tu régnais en souveraine
Parmi toutes les autres fleurs.

Destin cruel ! moment suprême !
On te cueillit, mon doux trésor.
Mais tout à coup , bonheur extrême !
Dans les mains de l'ange que j'aime
Tu me parus plus belle encor.

Dès ce moment, crois-moi, ma chère,
Ne porte pas envie aux fleurs.
Si ta beauté fut passagère,
A ces roses je te préfère,
Malgré leurs brillantes couleurs.

Oui, sur sa bouche, avec caprice,
Je la vois encor te poser !
Elle aspirait avec délice
Le doux parfum de ton calice.
Ce que tu fis, puis-je l'oser ?

Dans cet instant, heureuse rose,
Ma poitrine battit bien fort.
Beaux temps de la métempsycose,
Ma vie eut été peu de chose :
J'eusse avec toi changé mon sort.

J'aurais compté, sans en rien dire,
Tous les battements de son cœur.
Heureux en la voyant sourire,
J'aurais alors, dans mon délire,
Quitté la vie avec bonheur.

Bien que ta couleur soit flétrie,
Je t'aime et t'aimerai toujours,
Doux talisman, rose chérie !
Car tu me parles de Marie,
Tu me parles de nos amours.

12 Juillet 1857.

ADIEU A LA POÉSIE.

A MADEMOISELLE M***.

Echo de mes amours, repose toi, ma lyre :
Je ne veux plus chanter , je ne veux plus écrire.
Tes accords autrefois savaient me captiver ;
Aujourd'hui mon bonheur est de pouvoir rêver.
Car est-il aucun mot assez doux par lui-même
Pour peindre la candeur du bel ange que j'aime.
Cent fois, la plume en main, j'ai chanté sa douceur,
J'ai chanté sa beauté. Dans ce charmant labeur ,
Cent fois j'ai déchiré ma blanche confidente :
Ses mots étaient trop froids , ma tête trop ardente ;
Et, rêvant à Marie, rêvant à l'avenir ,
Tout mon cœur s'exhalait en un profond soupir.
J'aime, j'aime à rêver à celle que j'adore ;

8

Je veux toujours rêver, je veux rêver encore.

Adieu donc, pauvre lyre, ou plutôt, au revoir :

Pour l'instant je ne vis que d'amour et d'espoir.

Au revoir jusqu'au jour où, près de ma Marie,

Goûtant avec amour sa parole chérie,

Je pourrai, m'inspirant du regard de ses yeux,

Retrouver tout à coup des vers mélodieux.

Jusqu'à cet heureux temps, repose-toi, ma lyre :

Je ne veux plus chanter, je ne veux plus écrire.

Autrefois tes accords savaient me captiver ;

Aujourd'hui mon bonheur est de pouvoir rêver.

27 Juillet 1857.

MESSAGÈRE D'AMOUR. [(*)]

A MADEMOISELLE M***.

P ETITE bruyère chérie,
   Quitte l'ombrage de ces bois ;
Va dire à ma chère Marie
De songer à moi quelquefois.
   Parle-lui d'une voix discrète :
Va lui porter ce baiser pour sa fête.
   Puisse-t-elle en toi, simple fleur,
   Voir tous mes vœux pour son bonheur !

(*) Je ne pouvais envoyer cette petite bruyère sans lui dire un mot,
et ce mot, ma plume ne l'écrit-elle pas en vers ?
          Chassez le naturel, il revient au galop.

Bois de Lagrange, 28 Juillet 1857.

QUATRAIN MIS AU BAS D'UN TABLEAU

DE FLEURS DESSÉCHÉES.

CHARMANTES fleurs, ô fleurs du souvenir,
En vous voyant, je souris à la vie,
En vous voyant, je rêve à l'avenir,
Et, pour mon cœur, l'avenir c'est Marie.

Octobre 1857.

BONHEUR PERDU.

—

A MONSIEUR A. HUE EN LUI OFFRANT MON PORTRAIT

A MON DÉPART DE BORDEAUX.

GRÉEZ ce portrait, modeste souvenir
   De ma reconnaissance ;
Car vous m'avez prouvé que pour moi l'avenir
   Etait plein d'espérance.

Hélas ! pauvres parents, tristes de mon malheur,
   Ils me disaient : Courage !
Pars, ô mon pauvre enfant, pour calmer ta douleur,
   Et reviens-nous plus sage.

J'ai donc quitté Paris ; mais pendant quelques jours,
 Que de dures alarmes !
Je croyais tout fini, tout fini pour toujours ;
 Je n'avais plus de larmes.

Mais vous fûtes si bon ! Je n'oublîrai jamais
 Vos douces remontrances.
Merci pour mes parents ; car je les oubliais
 Brisé par les souffrances.

Que j'étais donc ingrat ! Moi, songer à mourir !
 Suis-je seul sur la terre ?
Ah ! je veux vivre encor ; on peut vivre et souffrir :
 Je vivrai pour ma mère.

Bordeaux, 12 Décembre 1857.

L. DESSALLES

à six ans.

d'après le pastel de Melle Charlotte de Virieux

NOËL.

A MADAME A. HUE.

oël ! voici Noël ! Est-il plus belle fête ?
Inspire-moi, ma muse, inspire ton enfant ;
Fais couler de mon cœur, fais jaillir de ma tête
Quelques bons souvenirs qui viennent un moment
            Adoucir mon tourment.

« Noël ! Noël ! disait ma bonne mère,
» Voici Noël ! ô mon beau chérubin !
» Sur mes genoux viens faire ta prière ;
» Accours bien vite, ô mon joli blondin ;
» Accours bien vite, et surtout sois bien sage ;
» Et pour demain, demain à ton réveil,
» Dans ton soulier, petit bon Dieu, je gage,
» Fera trouver un joujou sans pareil. »

Sur cet espoir perdant ma turbulence,
Avec ferveur je priais le bon Dieu,
Et mon bon ange, ami de mon enfance,
M'enveloppait de son beau manteau bleu.
Le lendemain, quelle était mon ivresse,
Quand je voyais l'objet de mon désir,
Ma mère enfin, qui, pleine de tendresse,
En m'observant partageait mon plaisir!

Noël! voici Noël! Est-il plus belle fête?
Inspire-moi, ma muse, inspire ton enfant:
Fais couler de mon cœur, fais jaillir de ma tête
Quelques bons souvenirs qui viennent un moment
    Adoucir mon tourment.

Vous n'êtes plus, beaux jours de mon collége...
Arthur, Vincent, ne vous verrai-je plus?
Adieu Noël et son gai privilége:
Mes chers amis, qu'êtes-vous devenus?
Arthur d'abord, Crésus fort respectable,
L'argent, dis-moi, donne-t-il le bonheur?
Es-tu toujours aussi joyeux à table?
Es-tu toujours un aussi bon buveur?

Et toi , Vincent , grand maître en l'art d'écrire ,
Te plaindras-tu de ton heureux destin ?
As-tu toujours quelques bons mots pour rire?
Sais-tu toujours égayer un festin?
Amis , pour moi , vous le savez , j'espère ,
(Et ce n'est pas du nouveau que j'émets) ,
Je vis toujours heureux de ne rien faire ,
Et j'ai fait vœu de ne changer jamais.

Noël ! voici Noël ! Est-il plus belle fête ?
Inspire-moi , ma muse , inspire ton enfant :
Fais couler de mon cœur , fais jaillir de ma tête
Quelques bons souvenirs qui viennent un moment
        Adoucir mon tourment.

Chers compagnons , pour célébrer la fête ,
Pour célébrer ce beau jour de Noël ,
Comme autrefois , chacun de vous s'apprête
A proposer un toste solennel.
Chacun de vous , dans son aimable ivresse ,
Soudain trouvant un surcroît de gaîté ,
Chacun de vous va chanter sa maîtresse
En la nommant reine de la beauté.

Moi , mes amis , je ne suis pas des vôtres ;
Je n'en suis pas , et je m'en réjouis.
Pour la Noël je dis des patenôtres ,
En écoutant le célèbre Louis (*).
Et cependant , amis , n'allez pas croire
Que contre vous je m'élève en frondeur :
Je sais qu'un jour , las de rire et de boire ,
Vous comprendrez autrement le bonheur.

Bordeaux , 27 décembre 1857.

(*) Le père Marie-Louis , grand prédicateur de l'ordre des Carmes.

VISION.

A vez-vous vu sur la colline,
    Quand vient le soir,
Une ombre blanche, ombre divine,
    Près du manoir ?
Oh ! qu'elle est belle ! et combien j'aime,
    A deux genoux,
Admirer son bleu diadème,
    Ses yeux si doux,
Ses blonds cheveux et son sourire
    Brûlant d'amour
Qui me plonge dans le délire
    Pour tout le jour !
Enfin, un soir, dans la prairie,
    O doux émoi !

Un soir , un soir l'ombre chérie
    S'en vint à moi,

Et, pénétrant dans mon cœur même,
    Elle me dit :

« Soyons heureux ; c'est toi que j'aime :
    » Tout nous sourit. »

Moi , n'écoutant que ma tendresse,
    J'ouvris les bras

Quelle ne fut pas ma détresse ,
    Mon embarras....

L'ombre avait fui. C'était un rêve ,
    C'était un jeu

Qui recommence et que j'achève
    Au coin du feu.

Bordeaux , 28 Décembre 1857.

RÊVE.

ISPARAIS, disparais, ô délirante image,
Va, fuis, car le réveil, pour moi c'est le malheur;
 Tu n'es qu'un vain mirage,
 Tu n'es plus le bonheur.
Va, fuis, car le réveil pour moi c'est la tristesse;
Disparais, car de toi mon cœur n'est plus épris.
Autrefois le réveil c'était de l'allégresse,
 Et maintenant c'est le mépris!
Le mépris! qu'ai-je dit! d'où vient donc que je tremble?..
Non, non, c'est impossible : il n'y faut pas songer.
L'amour et le mépris lutteraient-ils ensemble?
Au secours! ma raison : mon cœur est en danger.

Ah ! c'est que je l'aimais! Je la trouvais si belle !
Mon amour n'était pas un vil calcul d'argent ;
      Non, car je n'aimais qu'elle ,
      Et j'étais si content !...
Vous fîtes, chers parents, ce que vous deviez faire,
Jusqu'au dernier moment en voyant ma douleur ;
Jusqu'au dernier moment, vous m'avez dit : Espère,
      Espère ! et l'espoir fut trompeur...
Mais moi j'aimais toujours , et sans perdre courage.
Oui, je me rattachais à mon dernier espoir,
Comme le passager au moment du naufrage ,
Et l'espoir du matin disparaissait le soir.

On me l'avait bien dit : Vous aurez pour beau-père
Un homme réputé sur la place, à Paris,
      Comme un rusé compère ,
      Comme un grippe–souris.
Mais nous n'avons rien cru, dans notre bonhomie;
Et, si quelque propos parvenait jusqu'à moi,
Je ne croyais jamais une basse infamie
      Que repoussait ma bonne foi.
Aussitôt qu'ils ont cru m'avoir pris à l'amorce ,
Ils ont jeté le masque avec leur loyauté ;
Et c'est dans leur enfant qu'ils ont placé leur force,
En spéculant sur moi , sur elle et sa beauté.

Non, non, c'est le mépris pour l'homme et sa conduite,
Et pour la pauvre enfant dont l'amour a faibli,

  (Le temps passe si vite !)

  Oui , ce sera l'oubli,

L'oubli, l'oubli complet. — Doit-on chérir la femme
Dont on a méprisé le père déloyal ?
Le cœur serait brisé sans cette force d'âme

  Qui peut oublier l'idéal.

Fuis donc et disparais, image de Marie ;
Laisse-moi le repos. Il me faut la santé ;
C'est là le seul espoir d'une mère chérie :
Que cet espoir du moins ne lui soit pas ôté !

P...., Décembre 18...

~~~~~~~

PARESSE ET RAISON.

LA RAISON·

ÉVEILLE-TOI, vieux paresseux :
Relis ton histoire de France,
Relis tous ces bouquins crasseux,
Méprisés par ton ignorance,
Tous ces bouquins si bons, si précieux,
Etaient fort loin d'avoir le privilége
De te charmer ; non, tu trouvais bien mieux
De griffonner sur les murs du collége.

LA PARESSE·

Mon cher, au nom de l'amitié,
N'écoute pas cette bavarde,
Elle est folle plus d'à moitié.
De ses conseils que Dieu te garde !

Faut-il, dis-moi, faut-il te retracer
Ces longs instants d'aimable rêverie,
Où dans ton cœur, tout à ce doux penser,
Tu contemplais une image chérie?

LA RAISON.

Des bons auteurs es—tu friand ?
Lafon, ton voisin le libraire,
Te donnera Chateaubriand
Et les œuvres de Labruyère.
Et puisqu'enfin tu naquis paresseux,
(Les paresseux aiment la poésie),
Relis Hugo, Lamartine et tous ceux
Qui de leurs vers font couler l'ambroisie.

LA PARESSE.

Ah! cède au bonheur de flâner;
(Ton cœur n'a pas besoin de livre,)
Et dans le Parc va promener
Les doux rêves qui te font vivre.

Puis, de retour , ô mortel bienheureux ,
Tu songeras, en frémissant de joie ,
A cette femme , au regard langoureux ,
Qui t'a frôlé de sa robe de soie.

MOI.

Je vous écoute avec plaisir ;
Vos paroles sont attrayantes.
Aussi je ne veux pas choisir :
Restez toutes deux , mes charmantes.
Dame raison , puis-je aimer les jaloux?
Dame paresse , allons, pas de tapage !
J'ai résolu de bien vivre avec vous :
Tâchons de faire ensemble bon ménage.

Pau, 9 Janvier 1858.

STANCES.

—~—

A M. L'ABBÉ DUFOUR.

Quand le cœur est trop plein, on aime à rencontrer
Un cœur pour y verser un peu de sa souffrance,
Un ami dont la voix sache vous démontrer
Que Dieu ne permet pas qu'on perde l'espérance.

Jadis, à tout braver mon esprit résolu,
Des maux qui me frappaient accusait le destin ;
Mais aujourd'hui je dis : « C'est Dieu qui l'a voulu, »
Et je courbe la tête en bénissant sa main.
Merci, monsieur l'abbé, merci de tout mon cœur
D'avoir encouragé ma triste confidence.
En Dieu seul ici-bas réside le bonheur :
Son bras, en nous frappant, montre encor sa clémence.

Pau, 13 Janvier 1858.

IL N'EST PLUS TEMPS.

SONNET.

——

A M. L'ABBÉ DUFOUR.

L n'est plus temps, vaincu par la souffrance,
Mon pauvre cœur ne peut se ranimer :
Oui, pour toujours, adieu, belle espérance,
Ton nom si doux ne saurait me calmer.

Quand à mes yeux un ange d'innocence
Une autre fois viendrait pour me charmer,
Il n'est plus temps ; j'en donne l'assurance,
Une autre fois je ne saurais aimer.

Ah ! de l'amour que pourrais-je vous dire ?
J'ai trop senti quel était son pouvoir,
Et pour le cœur ce que vaut son sourire.

Adieu l'amour ! oui, j'ose le redire,
Je suis sans force et ne saurais maudire.
Il n'est plus temps. Adieu donc !... *au revoir* !

Pau, 14 Janvier 1858.

L'AVEZ-VOUS VUE ?

—

A MADEMOISELLE P***.

AMI, l'avez-vous vue? — Hélas ! phrase cruelle
Qui causa toute ma douleur.
J'ai voulu voir, j'ai vu, j'ai vu qu'elle était belle,
Trop belle enfin pour mon malheur.

Si j'étais empereur, je laisserai l'empire
Pour m'attacher à tous ses pas.
La voir, c'est le seul bien auquel mon cœur aspire ;
Mais l'aimer, il ne l'ose pas.

Ce n'est pas Graziella, si j'étais Lamartine,
Que ma douce voix chanterait.
Si j'étais Raphaël, ce n'est pas Fornarine
Dont ma main ferait le portrait.

Mais hélas ! puisqu'il faut admirer et me taire ,
De l'amour je serai vainqueur ;
Et son portrait , qu'ici mon crayon n'ose faire ,
Restera toujours dans mon cœur.

Pau , 22 Février 1858.

SOUVENIRS.

A MON CHER ET BON AMI M. B. MÜLLER.

E pleure, ami, je pleure, et j'y trouve des charmes.
Partez donc, partez vite entraînés par mes larmes,
Gais souvenirs d'enfance et tristes souvenirs !
Que tous ceux qui, lisant à l'heure des loisirs
Ces plaintes de mon âme, iront, sans me connaître,
Me donner un regret, une larme peut-être ;
Ah ! puissent ces amis, à qui je tends les mains,
Etre bien assurés qu'il est de bons lutins,
De bons petits esprits, messagers pleins de grâce,
Qui viendront, traversant les plaines de l'espace,
Déposer dans mon cœur leur larme ou leur regret,
Et souvent le calmer par un charme secret.

Qu'êtes-vous devenus, beaux jours de mon enfance,
Jours de félicité , jours pleins d'insouciance?
Qu'êtes-vous devenus? Heureux pendant longtemps,
Sans m'en apercevoir , j'atteignis mes vingt ans.
Comme un gai voyageur je parcourais la vie ,
Sans pouvoir me douter que j'excitais l'envie.
Je voulais du chemin prolonger les détours,
Quand le temps me cria : « Marche, marche toujours :
La mort est notre but ; personne ne l'évite. »
Il fallut me hâter. L'enfance passe vite;
Et ces rêves dorés qui firent son bonheur,
S'engloutissent hélas! dans l'immense douleur.

Pendant quelques instants laissant le style grave ,
Heureux comme un captif affranchi de l'entrave ,
   Je vais, ami, par des vers moins pompeux ,
   Qui bien ou mal glisseront sous ma plume ,
     Vous esquisser des jours heureux
     Exempts de haine et d'amertume.

   J'étais , dit-on , un assez bel enfant ,
     Mais plein de pétulance ,
   Mais très léger , voire même méchant.

Aussi je passe sous silence
Maintes farces et cætera.

Cependant , malgré tout cela ,
Le croiriez-vous ?`on m'aimait tout de même ,
Et , par malheur , je le savais trop bien.
Aussi de moi , non , l'on n'obtenait rien
     A moins d'user de stratagème.
Mais toutefois lorsqu'arrivait le soir,
Et que ma mère, ayant lieu de se plaindre ,
Me repoussait pour se faire un peu craindre ,
En me disant : « Je ne veux plus vous voir.
Allez, monsieur , je suis très-mécontente; »
Alors, ma foi, j'étais triste et honteux.
D'un long regard j'interrogeais ma tante ,
En m'éloignant d'un air vraiment piteux.
Mais m'endormir sans embrasser ma mère !
Vous concevez, je ne le pouvais pas :
Cette pensée était par trop amère.
Je revenais aussitôt sur mes pas ,
Et, me prenant à sa robe de soie,
J'y déposais un timide baiser
Qui dans mon cœur faisait rentrer la joie,
Et, plus content, j'allais me reposer ,
     Non pas sans promettre merveille ,
     Surtout de n'être plus mutin.

Mais, par malheur, les projets de la veille
S'évanouissaient le lendemain.

Ah ! peut-il exister dans le fond de notre âme
     Un plus doux souvenir,
       Charme de l'avenir,
Que celui de ce jour, où d'une ardente flamme
       Saintement animé,
       Vers l'autel parfumé,
L'enfant s'avance ému près de la sainte table,
       Pour la première fois,
       Obéissant aux lois
Du maître le plus doux et le plus équitable?
     L'encens qui monte en flocons gracieux,
     Ces voix d'enfants, cette pompe si belle,
     Sa mère en pleurs qui le couve des yeux,
     Cette orgue sainte à la voix solennelle,
     Pour un moment lui font rêver les cieux.
Aimable souvenir, tu calmes la souffrance,
Tu relèves le cœur en lui servant d'appui,
Et, le faisant sourire au moins à l'espérance,
Tu lui montres son Dieu qui souffrit tant pour lui.

Un jour, dans le désert, sur la terre brûlante,
Un pauvre pélerin s'asseyait pour mourir :

Ses forces le quittaient ; sa soif était ardente ;
Il regardait le ciel afin de moins souffrir.
Tout-à-coup son cœur bat ; il regarde la plaine,
Et le voilà debout ; une force soudaine
Circule dans son sang ; il n'a plus de soucis ;
Car il revoit encor la dernière oasis.
Il pense aux grands palmiers, il rêve à leur ombrage ;
Il voit la source vive, il en sent la fraîcheur.
Avec le souvenir lui revient le courage :
Sous un climat brûlant il marche sans douleur,
Et, pour ne pas avoir perdu toute espérance,
Il arrive à son but, terme de sa souffrance.
Si je ne vous voyais maintenant, cher ami,
Fatigué de ma verve, entr'ouvrir à demi
Ces lèvres où toujours règne un charmant sourire,
Je voudrais, bien ou mal, essayer de décrire
Les jours de ma jeunesse, et (ne vous moquez pas),
S'il existe des gens qu'épargne le trépas,
Moi j'en connais aussi qui vieillissent bien vite.
Comme un torrent, ma vie hélas ! se précipite.
L'hiver n'a pas encor passé sur mes vingt ans,
Et je sens que mon cœur n'aura plus de printemps.
Mais, pour en terminer avec ce bavardage
Et ne pas abuser de tout ce grand courage,
Qu'il vous a jusqu'ici fallu pour m'écouter,

10

Je vais, en quelques mots, ami, vous raconter
L'histoire qu'autrefois, par une nuit sereine,
Un pêcheur nous chantait sur la plage lointaine:

C'était par un beau soir d'été :
Naples, l'aimable, la volage,
Orgueilleuse de sa beauté,
Aspirait, pleine de gaîté,
La douce brise du rivage.

Piétro, l'intrépide pêcheur,
De cette nuit, loin de la rive,
Savourait bien mieux la fraîcheur,
Et, laissait, ivre de bonheur,
Aller sa barque à la dérive.

Il penchait la tête, et sa main
Au gré du vent tournait la voile.
Un noir rocher paraît soudain.
Tout l'avertit, mais c'est en vain :
Il souriait à son étoile.

A quoi Piétro peut-il penser ?
S'il songe à sa belle maîtresse,

L'illusion peut le bercer ;
Mais sa barque va se briser.
Piétro ! Piétro ! le danger presse.

Le beau pêcheur pense toujours
A Bianca sa fiancée,
Bianca ses seules amours,
Son épouse dans quelques jours....
Et la barque s'est élancée.

Contre le rocher de malheur
Plus de moyens de résistance !
Piétro, le brave et beau pêcheur,
Ne jette qu'un cri de douleur,
Et tout rentre dans le silence.

En quelques mots, vous le savez, ami,
N'est-ce pas là ma douloureuse histoire ?
Je croyais tout perdu; tout ne l'est qu'à demi.
L'espoir c'est le bonheur : faut-il encore y croire ?

Pau, 6 Mars 1858.

~~~~~~

RÉPONSE A MON CHER LÉON.

OUBLIEZ la souffrance,
Oubliez le malheur ;
Croyez à l'espérance,
Attendez le bonheur.

L'âme est une lyre sonore
Que la tristesse fait gémir,
Et dont la matinale aurore
Eveille le premier soupir.
Mais écoutez : une harmonie
S'exhale en sons mélodieux.
On dirait qu'un divin génie
Lui fait redire un chant des cieux.

Alors oubliant sa tristesse,
Elle célèbre tour à tour,
Ses espérances, son ivresse,
Et son bonheur, et son amour.
Ami, plus notre âme soupire,
Quand la douleur vient l'égarer,
Plus l'allégresse et son délire
Par de doux chants la font vibrer.

Oubliez la souffrance,
Oubliez le malheur ;
Croyez à l'espérance,
Attendez le bonheur.

Pau, 8 Mars 1858.

CLAIR DE LUNE.

—⁓—

A MADEMOISELLE M***.

Quand la lune furtive
Promène sa clarté
Sur les prés , sur la rive ,
Sur la vague plaintive
D'un beau lac argenté ;

Lorsque dans les prairies
Aux parfums enivrants ,
L'esprit, plein de féeries ,
De douces rêveries ,
Croit voir des revenants ;

Lorsque dans le village
Tout paraît endormi,
Qu'un clocher d'un autre âge,
Traversant le feuillage,
Apparaît à demi;

Je voudrais (doux mystère!)
Quand les soirs sont si beaux,
Dans ma barque légère
Glisser sur l'onde amère,
Comme un esprit des eaux;

Sous les forêts antiques
M'enfoncer en rêvant,
Aux sons des doux cantiques
Des ombres fantastiques
Que m'apporte le vent;

A travers la prairie,
Au pied d'un vieux manoir,
Revoir l'ombre chérie
De ma douce Marie,
M'entretenant d'espoir.

Quand l'aube matinale
Pâlit l'astre des nuits ,
Quand de la cathédrale
L'airain par intervalle
Prolonge ses longs bruits ;

Grande est mon infortune !
Car , moi , pauvre rêveur ,
Pour rêver à ma brune ,
J'aime un beau clair de lune
Toujours doux à mon cœur.

9 Mars 1858.

~~~~~~~~

COMME QUOI IL EST BON

DE NE PAS TOUJOURS OBÉIR.

~~~

FABLE.

L est tellement brave et beau
Le Seigneur de notre château ,
   Qu'il faut, Blanche, ma chère fille ,
Vous attifer , vous faire bien gentille,
Et lui porter , pour lui faire plaisir ,
Cette crême si pure , objet de son désir.
   Mais en chemin ne vous amusez pas ;
      Car, au moindre faux pas,
   Le pot au lait serait par terre ;
      Et quel malheur , ma chère !
   Blanche sur son beau bavolet
Des deux mains tient son pot-au-lait,

Bien ferme posé sur sa tête,

Quand tout à coup Fernand l'arrête,

Lui demandant un doux baiser.

Hélas ! peut-elle refuser ?

Et puis son langage est si tendre

Qu'il vaut bien mieux le laisser prendre.

Mais, par malheur, la mère a vu de loin

Le résultat de cette affaire.

Elle s'écrie, en brandissant le poing :

« C'est donc ainsi qu'on écoute sa mère ? »

Blanche aussitôt répond de son air ingénu :

« Si l'on s'était bien défendu,

Le pot-au-lait, pour sûr, serait par terre,

Ah ! voyez donc ce qu'on gagne à bien faire. »

10 Mars 1858.

A M. GUSTAVE DE COUTOULY,

MON COMPAGNON D'ATELIER.

ANS contredit,
    Vous l'avez dit,
Oui, ma muse est toute française,
    Chantant toujours
    Aux mauvais jours :
Un rien l'irrite, un rien l'apaise.

En me lisant ne s'aperçoit-on pas,
Que la longue tristesse, à la figure austère,
Au front pensif, et marchant pas à pas,
Ne peut s'accommoder avec mon caractère ?

Et si parfois elle frappe chez moi,
Bientôt pour m'ébranler n'étant pas assez forte,
Par la fenêtre elle saute, ma foi !
Tandis que la gaîté me rentre par la porte.

Oui, la gaîté ne me quitte jamais :
Malgré tout, la gaîté ! malgré tout, l'espérance !
Et dans ses mains lorsque je me remets,
Le courage revient pour vaincre la souffrance.
Tel le marin, au milieu des clameurs,
Quand les flots furieux se dressent sur sa tête,
Pense à Marie, étoile des pêcheurs,
Et, plus fort désormais, affronte la tempête.

Tel autrefois le grand Napoléon,
Lorsque ses généraux craignant quelque surprise,
Faisaient déjà résonner le clairon :
« Calmez-vous, disait-il, ce n'est qu'une méprise.
Je suis content ; car, à ces joyeux cris,
Et, malgré le brouillard, à leur marche guerrière
Je reconnais mes enfants de Paris,
Qui tous pour me rejoindre ont quitté la barrière. »

Un jour. pourtant le souffle du malheur
Appesantit sur moi son affreuse tempête.

    Mais tout-à-coup , au fort de la douleur,
L'espoir m'est revenu ; j'ai relevé la tête.

    Aussi , Gustave , en parcourant mes vers,
Vous avez vu courir ma muse un peu légère

    Par-ci , par-là , fort souvent de travers.
Enfin que voulez-vous ? j'aime à la laisser faire.

       Sans contredit ,
       Vous l'avez dit ,
   Oui , ma muse est toute française ,
       Chantant toujours
       Aux mauvais jours :
   Un rien l'irrite , un rien l'apaise.

12 Mars 1859.

A M. LÉON DESSALLES.

Aussi, Gustave, en parcourant mes vers,
Vous avez vu courir ma muse un peu légère
Par ci, par là, fort souvent de travers.
Enfin que voulez-vous ? j'aime à la laisser faire.

L. D.

Oui, laissez-la courir cette muse charmante,
Si simple si candide et si pleine d'attraits,
Cette brune fillette à l'allure pimpante,
Cette accorte Gauloise à l'œil vif, au teint frais.

Ne traversez jamais son humeur vagabonde ;
Mais la belle élégante au visage mutin,
Laissez-la, cher ami, s'en aller par le monde
En toilette de bal, en souliers de satin.

Telle au bord des ruisseaux la verte demoiselle,
Promenant sur les fleurs son vol capricieux,
Tantôt les baise au front, et tantôt de son aile
Effleure en voltigeant la crête des flots bleus.

11

Laissez-la folâtrer , fredonner et sourire :
Une aussi belle enfant peut sécher bien des pleurs ;
Et les accords joyeux de son aimable lyre ,
Croyez-moi , sont bien faits pour attirer les cœurs.

Elle conte si bien , de sa voix de fauvette ,
Un beau « Rêve d'amour , » et ses chastes désirs ;
Elle met dans son chant tant de grâce coquette ,
Quand elle veut sonder la mer des souvenirs ;

Elle a dit pour le cœur d'une mère chérie
Des cantiques si pleins de tendre piété ;
Et , quand le nom charmant de sa belle Marie
Faisait bondir son cœur , elle a si bien chanté ;

Que, dès qu'on la connaît, on se prend de tendresse
Pour la belle chanteuse au luth mélodieux ,
Dont la voix ingénue et belle de jeunesse
A des sons émouvants qui lui viennent des cieux.

28 Mars 1858.

G. de COUTOULY.

RENDEZ-VOUS A MLLE M***.

—

SOUVENIR D'AOUT 185...

N allant vers Tréport, l'œil fixé sur la plage,
    Dans le lointain là–bas
    N'apercevez-vous pas
    Le clocher d'un village ?
C'est là que les pêcheurs se donnent rendez-vous.
    Le soir, sur le rivage,
    Pour reprendre courage,
    Ils disent à genoux :
Mère des matelots, veillez, veillez sur nous.

Dans ce pauvre village il est une demeure

Au gré de mon désir.

Sur l'aile du zéphir

Ma pensée, à toute heure,

Aime à s'y transporter loin des regards jaloux ;

Et ma joie est extrême

Quand vers celle que j'aime,

Devant elle à genoux ,

Mon esprit et mon cœur se donnent rendez–vous.

Là-bas, à l'horizon, voyez ces blanches voiles.

Ecoutez : quel transport !

Elles gagnent le port,

A l'éclat des étoiles,

Et semblent aller droit au même rendez-vous ;

Car l'airain leur répète :

Demain , demain la fête

De notre Mère à tous

Appelle les pêcheurs. Amis, préparons–nous.

Et ce matin dans Mers, on a vu, de bonne heure,

Une charmante enfant

Entrer en souriant

Dans l'auguste demeure ;

Et son cœur redisait à ce saint rendez-vous :

Marie, ô ma Patronne !

Pour lui sois toujours bonne.

Fais qu'il soit mon époux,

Et que bientôt l'hymen nous mette à tes genoux.

14 Mars 1858.

VETO.

Si Vénus me défend de boire,
Si Bacchus me défend d'aimer,
Lequel des deux me faut-il croire ?
Tous les deux savent me charmer :
Vénus souvent me rend volage,
Bacchus toujours me rend joyeux.
Je voudrais bien connaître l'âge
Où je pourrai les aimer tous les deux.

14 Mars au soir.

M. N.

———

A MADAME SÉÉGER.

E n voyant ces lettres , Madame ,
Vous avez souri bien des fois.
Oui , c'est l'énigme de mon âme ;
Mais leur sens , mon cœur le proclame ,
Et vous le devinez , je crois.

Le prêtre saurait-il décrire
Cet instant de félicité ,
Lorsque, cédant au doux délire ,
Heureuse , son âme soupire ,
Entrevoyant l'éternité ?

Le lis à la blanche corolle
Peut-il nous laisser écouter
La mystérieuse parole
Que cette abeille qui s'envole
Chaque matin lui vient conter ?

L'oiseau caché sous la feuillée
Me voudrait-il pour confident ?
Lui, dont la voix si modulée
Retient notre âme émerveillée,
Nous rend rêveurs pour un instant.

Non, non, du simple au magnifique,
Tout ce qui paraît à nos yeux,
Possède un langage mystique.
Mais aucun mortel ne l'explique ;
Car le secret existe aux cieux.

Emu, le saint prêtre se lève.
Dans son cœur est un pur trésor.
Ah ! pour lui ni repos ni trève ;
Mais, quand sa vie hélas ! s'achève,
Au ciel l'attend la palme d'or.

Le lis dit à la jeune fille :
Ecoute un conseil, chère sœur ;
Pour demeurer bonne et gentille,
Ne crois pas à tout ce qui brille.
L'éclat ne fait pas le bonheur.

L'oiseau vole de branche en branche.
Le voilà sur le bord du nid ;
Puis sur sa couvée il se penche,
Et son affection s'épanche
En becquetant chaque petit.

M. N. ah ! qui voudra le croire ?
Que de secrets entre nous deux !
En esprit côtoyant la Loire,
Je rêve à l'amour, à la gloire :
Rêver, déjà c'est être heureux.

M. N. ah ! quel charmant prodige !
Autour de moi tout n'est que fleurs.
Simples lettres au doux prestige,
Vous êtes là. Si je m'afflige,
Aussitôt vous séchez mes pleurs.

Pau, 19 Mars 1858.

BONHEUR D'UN POËTE EXILÉ.

A MADEMOISELLE M***.

QUE de choses dans la nature
Plaisent au poëte rêveur !
Tantôt c'est un brin de verdure,
Ou bien le ruisseau qui murmure
En parcourant les prés en fleur.

Tantôt au milieu du silence,
Le soir, quand rien ne parle plus,
Un doux bruit tout-à-coup s'élance :
C'est le bruit du vent qui cadence
Les sons joyeux de l'Angélus.

Tantôt , charmante passagère ,
Aux premiers souffles du printemps ,
C'est une fauvette légère ,
Joyeuse et vive messagère ,
Préludant par de doux accents.

Tantôt c'est un terrible orage ,
Alors que les flots , furieux
D'être brisés par le rivage ,
Paraissent vouloir dans leur rage
Se retourner contre les cieux.

Tantôt..... Mais que dirai-je encore ?
C'est mille choses , c'est un rien ,
Un rien que le vulgaire ignore ,
Un rien que le poëte adore ,
Et que lui seul comprend si bien.

Quant à moi, ce dont je raffole ,
Ce qui charme toujours mes yeux ,
C'est de vous voir , blonde créole ,
De voir cette belle auréole
Qui ceint votre front gracieux.

Quand je vous vois parmi la foule,
Le temps passé, ce temps si doux,
A mes yeux alors se déroule,
Et, dans cet instant qui s'écoule,
Le monde entier pour moi, c'est vous.

L'âme joyeuse et presque folle,
Je songe au bonheur d'autrefois.
Je pense à vous, blonde créole;
Je rêve d'elle, mon idole,
C'est elle en vous que je revois.

Comme vous, elle est gracieuse;
Comme vous, elle a les yeux doux;
Enfin elle est belle et pieuse.
O fortune capricieuse !
Oui, vous c'est elle, elle c'est vous.

Pau, 30 Mars 1858.

A MA MÈRE.

—

La maternité!... égoisme sublime... amour
de soi dans un autre...

Accours près de ton fils, viens, ô ma bonne mère!
Car, loin de toi, mon cœur est prêt à se briser.
Quand je pleure en disant : Ah ! la vie est amère ;
Que me manque-t-il donc ? C'est toi, c'est un baiser.

C'est un baiser de toi , de toi , mère chérie.
Voilà bientôt six mois et six longs mois , hélas !
Que , me tenant encore enlacé dans tes bras ,
    Tu pleurais attendrie.

12

Troublé par la douleur , je m'éloignais de toi ,
De toi que j'aime tant , de mon excellent père ;
Et ta fidèle sœur , s'exilant avec moi ,
Tout le long du chemin me répétait : Espère.

Espère , disait–elle , ô mon neveu chéri !
Sa voix a sur mon cœur eu tellement d'empire ,
Que , reprenant mes sens , je puis enfin te dire :
Mère , je suis guéri.

Accours près de ton fils , viens , ô ma bonne mère !
Car , loin de toi , mon cœur est prêt à se briser ,
Quand je pleure en disant : Ah ! la vie est amère ;
Que me manque-t-il donc ? C'est toi, c'est un baiser.

Pau , 15 Avril 1858.

BALLADE.

A MADEMOISELLE DE V***.

U'ELLE est belle, belle, belle!
Qu'elle est belle, mes amis!
J'en suis fou, je rêve d'elle :
Ah! ce bonheur m'est permis.
Qu'elle est belle l'Espagnole,
L'Espagnole aux blonds cheveux,
Avec sa douce auréole,
Avec ses jolis yeux bleus!

Quand je la vois, je souris à la vie,
Instant bien court, mais bien délicieux !
Et dans lequel ma pauvre âme ravie
Admire en elle un doux ange des cieux.

Ah ! si j'étais l'hirondelle
Qu'on aime entendre jaser ,
J'irais voltiger près d'elle ,
Près d'elle me reposer.
Qu'elle est belle l'Espagnole ,
L'Espagnole aux blonds cheveux ,
Avec sa douce auréole ,
Avec ses jolis yeux bleus !

Si je m'endors , sa ravissante image ,
Est encor là pour charmer mon sommeil ;
Et, chaque fois , je me dis : « C'est dommage. »
Que je voudrais retarder mon réveil !

Si j'étais miroir fidèle ,
Pour refléter ses appas ,
Toujours je serais près d'elle ,
Et lui redirais tout bas :
Qu'elle est belle l'Espagnole ,
L'Espagnole aux blonds cheveux ,
Avec sa douce auréole ,
Avec ses jolis yeux bleus !

Oui , pour la voir je cours les promenades :
Mon cœur , mes yeux n'en sont jamais lassés.
Il n'est donc plus le temps des sérénades ?
Tout est perdu : les beaux jours sont passés.

Si j'étais la mandoline ,
Elle saurait m'inspirer ,
Et, dès que le jour décline ,
On m'entendrait murmurer :
Qu'elle est belle l'Espagnole ,
L'Espagnole aux blonds cheveux ,
Avec sa douce auréole ,
Avec ses jolis yeux bleus !

Erreurs du siècle au souffle délétère ,
Non , sur mon cœur vous ne pouvez plus rien.
Il est encor des anges sur la terre :
En la voyant on s'en aperçoit bien.

Si j'étais assez habile
Pour vous peindre son portrait ,
A moins d'être difficile ,
Chacun de vous se dirait :

Qu'elle est belle l'Espagnole,
L'Espagnole aux blonds cheveux,
Avec sa douce auréole,
Avec ses jolis yeux bleus !

Douce espérance, ah ! serais-tu déçue ?
Non ! la voici. Quels séduisants attraits !
Aussi, joyeux de l'avoir aperçue,
En m'en allant, tout bas je répétais :

Qu'elle est belle, belle, belle !
Qu'elle est belle, ô mes amis !
J'en suis fou, je rêve d'elle :
Ah ! ce bonheur m'est permis.
Qu'elle est belle l'Espagnole,
L'Espagnole aux blonds cheveux,
Avec sa douce auréole,
Avec ses jolis yeux bleus !

Pau, 16 Avril 1858.

MATINÉE DE PRINTEMPS.

Je crains la foule qui se presse.
Je tremble à ses milliers de voix.
Une fée a, dès ma jeunesse,
Conduit mes rêves dans les bois.

BÉRANGER.

'ALLÉE est solitaire et tout chante à la fois :
       La matinée est belle ;
Petits oiseaux, chantez vos amours dans les bois;
       Célébrez la saison nouvelle ;
          Sautez, chantez,
          Et voltigez.
   Chantez, amis, ce ravissant feuillage
     Qui s'épaissit de jour en jour ;
  Bénissez Dieu dans ce riant séjour;
Ooiseaux, bénissez-le dans votre doux langage ;
       Chantez, sautez.

Chantez, petits oiseaux ; car au printemps tout aime.

Vous, vous aimez toujours ;

Moi j'aime sans espoir et ma peine est extrême.

Célébrez vos chères amours ;

Chantez, fauvettes,

Vos amourettes.

Chantez, chantez pour soulager mon cœur :

Chantez le souffle de la brise ;

Chantez, chantez ; votre voix est comprise ;

Votre aimable concert de mes maux est vainqueur.

Merci, pauvrettes !

Il fut, il fut un temps où je chantais aussi,

Et j'y trouvais des charmes.

Ce temps heureux n'est plus : le ciel le veut ainsi.

Pas de bonheur sans bien de larmes.

Petits oiseaux,

Sous les ormeaux

Chantez, chantez pour calmer ma souffrance.

Séduit par vos accents joyeux,

Pour un moment mon cœur s'envole aux cieux,

Et je crois voir alors, bercé par l'espérance,

Des jours plus beaux.

Voltigez librement. Amis, pourquoi me craindre?

Je ne suis qu'un rêveur

Dont l'amour sans espoir vous invite à me plaindre :

Venez auprès du voyageur.

Le jour s'achève,

Et je me lève.

Petits oiseaux , n'éprouvez nul effroi.

Je pars, mais dans ce frais bocage

Je reviendrai, me cachant sous l'ombrage ,

Vous entendre chanter. Ah ! le bonheur pour moi

Ne fut qu'un rêve.

Pau, 22 Avril 1858.

SON NOM.

BALLADE A MADEMOISELLE DE VIL***.

Cet ange écarte d'un coup d'aile
Les songes noirs qui m'étreignaient.

BÉRANGER.

Dona Carmen, tel est son nom,
Le plus doux nom de toutes les Espagnes.
Si ses aïeux ont du renom
Bien au delà de ces hautes montagnes,
Ma charmante senorita,
Dona Carmen, mon Espagnole,
Dona Carmen dont je raffole,
Possède mieux que tout cela :
De l'Aragon, de toute la Castille
N'est-elle pas la plus gentille ?

Voyez le charme de ses yeux ,
Son noble front , son gracieux sourire ,
　　Ses traits qui font rêver aux cieux.
Si j'étais roi , j'abdiquerais l'empire
　　Pour suivre ma senorita.
　　Dona Carmen , mon Espagnole ,
　　Dona Carmen dont je raffole ,
　　Pour mon cœur vaut mieux que cela :
De l'Aragon , de toute la Castille
　　N'est-elle pas la plus gentille ?

　　Depuis longtemps , je parcourais
Les grands chemins. A chaque promenade ,
　　En moi-même je répétais :
S'il me fallait aller jusqu'à Grenade
　　Pour chercher ma senorita ,
　　Dona Carmen , mon Espagnole ,
　　Dona Carmen , dont je raffole ,
　　J'irais bien plus loin que cela.
De l'Aragon , de toute la Castille
　　N'est-elle pas la plus gentille ?

　　Hier enfin , oh! quel bonheur !
Elle était là ; j'étais ici près d'elle ,

Et je sentais battre mon cœur.
Ma main tremblait, en la voyant si belle,
　　Si belle ma senorita ;
　　Dona Carmen, mon Espagnole,
　　Dona Carmen, dont je raffole,
　　Se doutait-elle de cela ?
De l'Aragon, de toute la Castille
　　N'est-elle pas la plus gentille ?

　　Lorsque sa voix me demandait
« Que faites-vous ? » Ma joie était extrême,
　　Et mon regard lui répondait :
　　Dona Carmen, moi je vous aime.
　　Ma charmante senorita,
　　Dona Carmen, mon Espagnole,
　　O mon amour, ô mon idole,
　　Ne vous fâchez pas de cela :
De l'Aragon de toute la Castille
　　N'êtes vous pas la plus gentille ?

Pau, 25 Avril 1858.

A M. GUSTAVE DE COUTOULY.

—

Mère du vain caprice et du léger prestige
La fantaisie ailée autour d'elle voltige.

A. CHENIER. (Frivolité).

AMI, moins de sévérité
Envers ma pauvre muse
Qui s'amuse ;
Voudriez-vous, en vérité,
La frapper de stérilité ?

Eh quoi ! vous avez dit qu'elle était trop légère :
Ah ! laissez-la courir, laissez-la se distraire ;
Rappelez-vous, ami, que souvent, bien souvent
Une grande gaîté dissimule un tourment,
Et qu'au fond de la coupe est la liqueur amère.

Oui, laissez-la courir *en souliers de satin* ;
Ne lui reprochez plus son air vif et mutin ;
Laissez-la tour à tour célébrer l'Espagnole,
Ou chanter la beauté d'une blonde créole.
Laissez-la respirer la brise du matin.

Car lorsque vient le soir, ah ! je songe à l'absence
De celle qui charmait mes jours par sa présence ;
Je songe à mes parents qui m'attendent là-bas ;
Dans tous mes souvenirs, je reviens pas à pas.
Alors je pleure, ami, mais je pleure en silence.

Allons, un peu plus de douceur
Envers ma pauvre muse
Qui s'amuse,
De la votre la mienne est sœur,
Ami, soyez son défenseur.

Pau, 24 Avril 1858.

LA SAINT MARC.

Oui, l'astre du génie éclaira ton berceau ;
La gloire a sur ton front secoué son flambeau ;
Les abeilles du Pinde ont nourri ton enfance.

J. Chénier.

Dans quels joyeux atours tu reparais, ma muse,
Quel aspect gracieux ! Ah ! je m'en réjouis.
Mais est–ce un fol espoir, une erreur qui m'abuse ?
Partons , élançons-nous dans ces charmants pays
Où le bonheur soit plus qu'un mot vide et sonore ;
Dans ces riants climats où l'on puisse être heureux ,
Sans que les importuns, les jaloux que j'abhorre,
Viennent nous affliger de leurs regards affreux.
Pour un instant, du moins, oui, je veux disparaître ,
Disparaître avec toi , séduisant idéal ,
T'abandonner mon cœur , mon esprit , tout mon être,
Et te suivre partout comme un sujet féal.

13

Or donc me voici prêt; partons, quittons ce monde,
Et voyageons gaîment. Plein d'ardeur et de foi,
Je suis à tes genoux ; ton pur regard m'inonde :
Un nuage léger s'élève devant moi.

Tu promènes dans l'air ta baguette magique,
Et soudain, quel prodige ! une éclatante voix,
Un immense hourra couvre l'Adriatique.
Qu'il est doux de rêver ! En ce moment je vois,
Je vois à l'horizon des centaines de voiles
Qui sillonnent la mer. Les voici près du port :
Leurs mâts sont pavoisés. Plus de nuits sans étoiles
Pour ces pauvres marins qui bravèrent la mort,
Et les vents furieux et les noires tempêtes.
Fatigues et travaux leur ont paru légers ;
Car saint Marc était là pour veiller sur leurs têtes,
Et saint Marc leur a fait surmonter les dangers.

« Voici Venise, amis! gloire, gloire à Venise! »
C'est le cri répété par tous les matelots
Qui jettent un regard de douce convoitise
Sur ce point noir, là-bas, caressé par les flots,
Qui leur parle d'amour, d'honneur et de patrie.
Venise ! amis, Venise ! est le cri général

Qu'on entend répéter par chaque confrérie,

Depuis le grand seigneur jusqu'au pauvre vassal ;

Et l'encens monte aux cieux avec les saints cantiques,

Et le clergé s'avance en vêtements pompeux,

Pour aller recevoir, parmi tant de reliques,

Le corps du grand saint Marc qui vient au milieu d'eux.

Car on a décrété, dans un savant concile,

Que Venise n'étant encore qu'au berceau,

Saint Marc serait choisi pour patron de la ville,

Et qu'un dôme brillant couvrirait son tombeau.

Saint Marc ! vive saint Marc ! tel fut leur cri de guerre.

On l'entendit parfois dans les séditions ;

Il devint la terreur des peuples de la terre.

Saint Marc ! vive saint Marc, vainqueur des nations !

Quelles sont maintenant ces douze jeunes filles

Qui montent les degrés du palais des seigneurs ?

Devant elles pourquoi voit-on s'ouvrir les grilles ?

Pourquoi ce long cortège et pourquoi ces splendeurs?

Dans la salle aux festins une table est servie.

Elles y prennent place, et d'un regard joyeux

Cet essaim de beautés et la foule ravie

Contemplent les plats d'or et les mets savoureux.

Que va-t-il se passer? Soudain le tableau change.

Puis-je en croire mes yeux ? Quelle scène d'horreur !

Est-ce pour m'expliquer, ô ma muse, ô mon ange,
La fête *des Maris*, si pleine de fraîcheur ?
Gloire à Condiano ! gloire à vous, jeunes hommes !
Poursuivez, poursuivez ces farouches soldats.
Vous les avez rejoints : bravo ! mes gentilshommes.
Ils ne livreront plus de barbares combats.
Et vous, ne tremblez plus, belles Vénitiennes ;
Saint Marc ! vive saint Marc ! Ouvrez vos jolis yeux,
Montrez vos nobles traits, jeunes patriciennes.
Vos fiancés sont là : remerciez les cieux !

Qu'arrive-t-il encore ? où donc va cette foule
Qui passe devant moi dans cet autre tableau ?
Tous les fronts sont pensifs, et le torrent s'écoule
Vers la place publique où se tient le bourreau.
Cette foule va voir comment tombent deux têtes,
Tripolo ! Querini ! deux grands conspirateurs ;
Ce spectacle vaut bien les plus splendides fêtes,
Et trouvera toujours grand nombre d'amateurs.
Mais, sur cet échafaud, ciel ! que vois-je apparaître ?
C'est le Conseil des Dix qui surgit tout à coup,
Armé d'un tel pouvoir qu'il vaut celui du maître,
Aimant à se cacher pour frapper un grand coup ;
Chargé de réprimer, de punir chez les nobles
Les délits scandaleux, les hautes trahisons,

Il a su s'attacher assez de gens ignobles
Pour voler les secrets à travers les cloisons.
Il fait peser sur tous son affreux despotisme.
La liberté n'est plus, oui, n'est plus qu'un vain nom,
Et ce siècle d'angoisse et d'affreux terrorisme
Devient pour l'avenir d'un sinistre renom.
Quel autre plus que toi, Doge à la blanche tête,
En éprouva jadis l'effroyable fureur ?
Ce jour où des honneurs tu montais jusqu'au faîte,
Marino Faliero, fut ton jour de malheur.
Ah ! si l'on t'avait dit : Après tant de batailles
Où tu soutins toujours l'honneur de ton drapeau,
Ton injuste patrie usant de représailles,
Fera couler ton sang sous le fer du bourreau
Pour avoir essayé de châtier l'outrage
De l'impudent Steno, d'un calomniateur,
N'aurais-tu pas, dis-moi, su conjurer l'orage
Et défier l'effort d'un lâche accusateur ?

Nous sommes en l'an mil cinq cent soixante-seize.
La peste est à Venise ; elle étale partout
Son lugubre linceul, et rien, rien ne l'apaise.
La Mort est difficile et montre son bon goût.
Elle semble se plaire à choisir ses victimes
Parmi les grands seigneurs, parmi les gens heureux.

A braver le fléau leurs voix sont unanimes,
Plutôt que fuir Venise en ces jours douloureux.
Titien, noble cœur, Titien, peintre illustre,
Titien centenaire, encor plein de vigueur,
Et dont le beau talent a gardé tout son lustre,
Titien tombe hélas! sous le mal destructeur.
Sa main laisse échapper, dans un affreux vertige,
Sa brillante palette et son savant pinceau,
D'où jaillit chaque jour quelque nouveau prodige.
O maître, dors en paix dans ce pauvre tombeau
Que recouvre humblement la plus modeste pierre.
Dors en paix parmi tant de sépulcres pompeux.
L'artiste pélerin va dire sa prière,
Sans hésiter jamais, au plus simple d'entr'eux.
Et qu'importe, après tout, plus ou moins de sculptures?
Le voyageur oisif, à qui l'on montre à tort
La beauté du granit, les fines ciselures,
S'inquiète fort peu de ce que fut le mort.
C'est beau, c'est merveilleux! Quelle phrase profonde?
Puis il sort fatigué, baillant le plus souvent.
O maître, dors en paix : ton nom remplit le monde.
Daigne accepter aussi mon hommage fervent.

Ta riante beauté qu'est-elle devenue?
Venise, tu n'es plus la belle d'autrefois.

On dirait que la Mort, de nouveau survenue,
A vidé tes palais, glacé tes douces voix.
L'Autrichien est là, dont la force brutale
Braque de tous côtés ses stupides canons,
Et, satisfait de lui, dans son orgueil étale
L'aigle noir où flottaient trois brillants Gonfanons.
Non, l'on ne dira plus Venise la joyeuse,
Comme on disait jadis; car, malgré la terreur,
Indépendante alors tu paraissais heureuse:
La crainte se cachait sous un voile trompeur.
Aujourd'hui ta beauté se couvre de poussière;
Tes gondoles en noir semblent porter ton deuil.
C'est le calme profond que trouve au cimetière
Le rêveur qui s'en va prier sur un cercueil.

Pau, 50 Avril 1858.

BAL A LA PRÉFECTURE.

(Nuit du 3 au 4 mai.)

A M. GUSTAVE DE C***.

Sperabo? Desperabo?

 ous ce portique sombre
Marchant à grand pas
Voyez-vous cette ombre ?
Ne la troublez pas.

C'est un rapin, c'est un poète.
Brasier au cœur, feu dans la tête,
On le prendrait, rien qu'à le voir
Arpentant ainsi le trottoir,

Avec le feutre sur la face,
Avec ce manteau qui remplace
Le masque noir du carnaval,
Trouble du bonheur conjugal,
On le prendrait, Dieu me pardonne !
(Rien que d'y penser j'en frissonne,)
Pour un brigand, pour un bravo,
Méditant sous le sombrero
Par quel coup d'adresse profonde
Il enverra dans l'autre monde,
Sans lui faire jeter un cri,
L'amoureux qui gêne un mari.
Certe on pourrait le prendre encore
Pour quelque imprudent qui dévore
Les songes creux de liberté,
Egalité, fraternité.
Mais, pour connaître ce mystère,
Rampons, s'il le faut, jusqu'à terre.
C'est si bon d'être curieux,
De regarder de tous ses yeux !
Allons, silence ! du courage !
Voici venir le personnage.
Mais hélas ! quel profond soupir !
Il redouble : c'est un plaisir !
Bravissimo ! de par saint George,

C'est comme un vrai soufflet de forge.

Ces soupirs là, pour moi poussif,

Ont quelque chose d'expressif.

J'aimerais assez pour ma brune

Soupirer au clair de la lune,

Roucouler comme un tourtereau,

Droguer enfin, s'il faisait beau.

Mais profitons d'une imprudence.

Le voilà plein de pétulance.

Il me suffirait d'un seul mot

Pour deviner tout ce complot.

« O Marguerite ! Marguerite !

« Laisse le bal, descends bien vîte.

« O mon amour ! ne sais-tu pas

« Qu'impatient j'attends en bas ?

« Que mon âme est toute saisie

« D'une effrayante jalousie ?

« Que cet orchestre de malheur

« Fait danser dans mon pauvre cœur

« De noirs pensers la troupe étrange ?

« Descends bien vîte, ô mon bel ange ! »

Oh ! oh ! oh ! c'est moins dangereux ;

Car ce n'est qu'un pauvre amoureux.

On pourrait craindre la folie.

Mais bah ! si la belle est jolie,

A coup sûr , nous y gagnerons,
Et peut-être un jour nous lirons
Quelque sublime poésie,
Pleine de larmes d'ambroisie.
Soudain notre homme émerveillé
Ne sait s'il est bien éveillé.
Une voiture fend l'espace :
C'est-elle! la voilà qui passe.
Elle a quitté bal et danseurs.
Dans un instant que de douceurs !
Même la belle Marguerite ,
L'apercevant sous la guérite ,
Lui fit un sourire mutin.

Il est deux heures du matin.

Sous le portique sombre
Fuyant à grands pas
Voyez-vous cette ombre ?
Ne la suivez pas.

Pau , 4 Mai 1858.

TRISTESSE.

ÉLAS ! elle est partie ! elle est partie ! et moi,
Moi, je l'appelle en vain. Elle ne peut entendre
Les plaintes de mon cœur, ni calmer mon émoi.
Hélas ! elle est partie ! et je reste à l'attendre.
Cet espoir si riant m'a-t-il donc échappé ?
Carmen, reviendrez-vous ? Carmen, ma blanche étoile,
Gazelle aux yeux si doux, m'auriez-vous donc trompé ?
Reviendrez-vous, Carmen ? Verrai-je votre voile
Flotter à l'horizon, comme un charmant signal
Qu'apercevaient toujours mes yeux parmi la foule ?
Le reverrai-je encor ce gracieux fanal
Qui me parlait d'amour, cette légère houle

Que faisait onduler le caprice du vent?

Mais vous êtes partie ! et depuis lors mon âme

Ne peut plus comprimer sa douleur, son tourment.

Mes jours sont pleins d'ennuis; ma vie est une flamme

Qui s'éteindra bientôt au souffle de la mort.

Et moi je bénirai la sombre visiteuse ;

Oui, je la bénirai, je bénirai mon sort ;

Oui, ma pauvre âme au ciel s'envolera joyeuse,

Si vous daignez, Carmen, si vous daignez un jour,

Au milieu des plaisirs, au milieu du bien-être,

M'accorder pour faveur, en sachant mon amour,

Un léger souvenir, une larme peut-être.

Pau, 7 Mai 1858.

A MON AMI GUSTAVE DE C***.

C'est que j'ai rencontré des regards dont la flamme
Semble avec mes regards ou briller ou mourir,
Et cette âme, sœur de mon âme,
Hélas! que j'attendais pour aimer et souffrir.

T. DESCHAMPS.

CI-BAS, quand tout aime, il nous faut bien aimer;
Et, lorsque sous son joug l'amour courbe notre âme,
Nous aimons notre mal; car il sait nous charmer,
Et toujours la douleur en ravive la flamme.

Aussi je ne viens pas vous dire : « O mon ami,
L'amour vous a vaincu; renoncez à ses charmes. »
Non, non; car j'ai souffert, j'ai pleuré, j'ai gémi;
Comme vous, j'ai passé par toutes ces alarmes.

Pleurez donc, mon ami, pleurez, pleurez encor ;
Laissez à votre cœur cette douce souffrance ;
Faites-en pour longtemps votre plus cher trésor ;
Puisez-y tous les jours la force et l'espérance.

Mais vous laisser abattre ! ah ! ce n'est pas permis.
L'homme est né pour souffrir et pour se rendre utile,
Utile à tous, partout, même à ses ennemis.
Aux ordres du Seigneur il doit être docile.

Considérez d'ailleurs que bien souvent d'un mal
Résulte tout à coup la plus sublime chose ;
Qu'il n'est pas de poison si subtil, si fatal,
Qui ne devienne un bien sous la main qui l'impose.

Montrez-vous courageux devant le désespoir.
Ne prenez pas ainsi de dégoût pour la vie.
Assez de temps perdu. Faites votre devoir :
Reprenez ces pinceaux qui me font tant envie.

Travaillez, travaillez ; songez à l'avenir ;
Contentez notre maître en lui montrant du zèle.
Puis un jour nous dirons, vous voyant parvenir :
La gloire qu'il cherchait, il la rêvait pour elle.

Allons, allons, courage ! et, sur votre chemin,
Pensez aussi, Gustave, à votre pauvre mère.
Sans crainte dans son cœur versez votre chagrin :
La douleur partagée est toujours moins amère.

Pau, 18 Mai 1858.

MAUVAISE VISITE.

L est un noir fantôme à la face livide
    Qui me visite à certains jours.
Son corps est décharné, son regard est avide,
    Pareil à celui des vautours.
Il vole autour de moi, me lasse, me désole,
    Me rend morose et furieux.
Sur ma bouche bientôt sa bouche, à lui, se colle,
    Ses yeux se fixent sur mes yeux.
Hélas ! j'ai beau tourner et retourner la tête,
    L'horrible monstre est toujours là.
D'autres monstres alors se joignent à la fête
    En répétant tous : Nous voilà !
Ce sont tous les chagrins et les tristes pensées,
    Les souvenirs d'amour perdus ;
C'est le regret tardif des heures dépensées
    Au sein des plaisirs défendus.

Je m'éveille : c'est lui ! c'est lui, l'affreux vampire !
    Vite je m'enfuis dans les bois.
Hélas ! partout j'entends une voix qui soupire
    Ce mot si cruel : « Autrefois. »
Tout rêveur, je m'assieds à l'ombre d'un grand chêne,
    Auprès d'un limpide ruisseau.
Mais, voyant l'eau courir, serpenter dans la plaine,
    S'allonger au bas du côteau,
Je me lève et je fuis loin de ce doux murmure,
    En lui disant du fond du cœur :
Oui, ma vie autrefois s'écoulait fraîche et pure ;
    Mais j'ai rencontré le malheur.
Je marche. Un peu plus loin, sous un épais bocage,
    Tabernacle mystérieux,
J'entends, en soupirant, l'admirable ramage
    Du rossignol, chantre des cieux.
De ce riant séjour, je fuis, je fuis encore.
    Chante, ami, sur ton beau tilleul.
Autrefois si j'aimais tes accents dès l'aurore,
    Autrefois je n'étais pas seul.

    Je crains, lorsque la nuit jette son triste voile
        Sur l'astre éblouissant du jour,
De ne plus voir au ciel une petite étoile
        Qui jadis me parlait d'amour.

Lorsque de tous côtés parvient à mon oreille
  Le cri lugubre des hiboux,
Je tremble à son approche, (ô frayeur sans pareille!)
  C'est encor lui : le voyez-vous?
Allons, vîte un habit, une cravate noire,
  Que je me sauve dans un bal.
J'y suis. Mais voilà bien une nouvelle histoire :
  Ma danseuse se trouve mal.
Fatalité! que faire? entrons donc au spectacle.
  La grêle frappe les carreaux.
N'importe; m'y voici. Quelle affreuse débâcle!
  Tous les acteurs ont chanté faux.
Enfin, rentré chez moi, je m'endors plein de rage.
  Au réveil le monstre avait fui.
Désirez-vous savoir quel est ce personnage?
  Eh bien! cher lecteur, c'est l'ennui.

Pau, 23 Mai 1858.

SONNET.

—

A MA MÈRE.

Bonne mère, ah ! si tu savais
Combien mon âme fut joyeuse,
Quand j'appris que tu m'arrivais !
La chose me semblait douteuse.

De ta présence tu privais
Ton fils, de peur d'être grondeuse ;
Moi, de mon côté, je trouvais
Ma mère un peu trop paresseuse.

Es-tu contente, quand soudain
Tu vois briller dans ton jardin
La fleur que tu croyais brisée?

Oui, n'est-ce pas? Réjouis-toi :
Ta bonne lettre fut pour moi
Ce qu'à la fleur est la rosée.

Pau, 24 Mai 1858.

FLEUR D'AMOUR.

SONNET.

A MON AMI GUSTAVE.

Dans un herbier jadis, avec un soin fervent,
Chaque jour je plaçais quelques plantes nouvelles,
Avec leurs noms latins, tout comme un vrai savant.
Mais que ce temps est loin ! et les fleurs où sont-elles ?

Dans le monde je fus botaniste autrement :
C'étaient toujours des fleurs, mais des fleurs bien plus belles.
Chaque fleur était femme ; ô doux enchantement !
Leurs noms je les sais tous : ces fleurs sont immortelles.

L'amour règne partout, à Rome, à Bâle, ici.
Nous sommes tous pareils, et vous aimez aussi
Un bel ange des cieux de passage sur terre.

Or donc, comme une fleur, puisqu'elle a su vous plaire,
Ouvrez–lui votre cœur. Plus tard, dans l'avenir,
Pensif, vous sourirez à son doux souvenir.

Pau, 1er Juin 1858.

VERS INSCRITS

SUR UN COLLIER D'UN SUPERBE LEVRIER

QUE J'OFFRIS A LA COMTESSE MARIE POUCH.... (*).

DIEU ! mon brave levrier.
A ta maîtresse sois fidèle.
Ton sort, chacun peut l'envier.
Aime-la bien. Elle est si belle !

Pau, 2 Juin 1858.

(*) La jeune fille à laquelle Léon Dessalles adressait ces vers est morte comme lui, dans tout l'éclat de la jeunesse et de la beauté, lorsque tout semblait conspirer à son bonheur, et qu'il lui suffisait de vivre pour être heureuse.

L'ENNUI.

A MON ÉLÈVE LÉON DESSALLES, CONSCRIT DE 58,

ST-IL bien vrai que tu t'ennuies,
Enfant qui viens de naître et pour qui tout est neuf,
Que ton cœur soit déjà dans la saison des pluies,
Et que de ton soleil ton ciel soit déjà veuf?
Tu prétends être las, quand la brillante aurore
Sur l'horizon lointain à peine fait éclore
  L'éventail de ses beaux rayons;
Quand, beaux oiseaux chanteurs, branches entrelacées,
Au souffle du printemps tes premières pensées
  Viennent de quitter leurs prisons!

Mais tu n'es pas né près du trône
Où les seuls flagorneurs échappent aux baillons,
Où l'ennui se promène avec sa face jaune,
Chargé de faux honneurs et de brillants haillons.
Tu n'as pas dépensé ta jeunesse dorée
Au milieu des bravos d'une grande livrée,
    Porteuse de titres pompeux ;
Et tu n'as pas senti sur ton âme flétrie
Couler le flot impur de cette flatterie
    Qui rend l'honnête homme honteux.

Tu ne dépenses pas ta vie
A toujours feuilleter de sinistres dossiers ;
Tu n'endoloris pas ta paupière rougie
A sonder des plaideurs les procédés grossiers ;
Tu n'es pas procureur pour voir sur l'âme humaine
Se resserrer toujours cette fatale chaîne
    Que le péché forge et fourbit ;
Tu n'es pas l'avocat que son intérêt leurre,
Plaidant pour blanc ou noir, et changeant à toute heure
    D'opinion comme d'habit.

Tu n'as pas, enfant d'Esculape,

Regardé la nature au prisme du dégoût ;

Et, quand ta maison dort, tu ne crains pas qu'on frappe,

Et qu'une rude voix vienne crier : Debout !

Tu n'as pas chaque jour la hideuse besogne

De palper, de sonder sans crainte et sans vergogne

      La chair en haillons d'hôpitaux ;

Et tu ne souris pas quand tu la vois fringante,

Cachant quelque vautour à la serre poignante

      Sous le poids de ses oripeaux.

      Le grand livre de la nature ,

Où Dieu parle d'amour à tout homme au cœur droit,

Ne trouve-t-il en toi qu'un esprit sans culture,

Etouffé dans l'étau d'un scepticisme étroit ?

Le printemps qui vient rendre au penseur son ombrage,

Les oiseaux occupés à leur joyeux ouvrage

      De vivifier la forêt ,

La vapeur qui s'étend au fond de la vallée,

Et la robe aux plis blancs sur les monts étalée,

      Sont-ils pour toi sans intérêt ?

Te faudrait-il pour te distraire
L'existence bruyante où se vautre Paris ?
Voudrais-tu, pauvre vache, aller te faire traire
Sur le turf, aux hourras des faiseurs de paris ?
Regrettes-tu l'hiver et ses fêtes factices,
Où les femmes s'en vont, insolentes actrices,
     Luttant de luxe et d'impudeur,
Se rouler dans des bras d'hommes, foule pipée,
Et, sortant à moitié de leur robe frippée,
     Les enivrent de leur senteur.

     Mais peut-être que la fortune
Satisfait sans réserve à tes vœux indiscrets,
Et devient à tes yeux la maîtresse importune
Dont l'amant a connu tous les trésors secrets.
Sa bonté te fatigue avec ses prévenances,
Et tu voudrais la voir par quelques résistances
     Exciter ton cœur engourdi,
Trouver de temps en temps la source froide et sèche,
Et supplier en vain la charmante revêche
     Pour un pauvre amour étourdi.

Ne te plains pas de ses tendresses

Que d'un moment à l'autre elle peut retirer.

Traite-la comme on fait d'inconstantes maîtresses

Que tôt ou tard il faut savoir abandonner.

Ecoute ce troupeau d'âmes pleines de larmes,

Dont l'œil n'a jamais vu le moindre de ces charmes

    Qui ne font rien sur ton ennui.

Force-la de baisser sur lui sa douce face,

Et de faire briller son souris plein de grâce

    Au milieu de sa sombre nuit.

Mais tu sais le secret sublime

Que Jésus est venu faire connaître aux siens,

Et j'ai pu deviner dans ton regard azyme,

Que tu sais noblement user de tes grands biens;

Que tu parles du ciel à ces âmes que brisent

Les ignobles plaisirs qui, trop souvent, détruisent

    L'image que Dieu mit en nous;

Et que, mêlant l'aumône à tes leçons célestes,

Tu sais faire revivre encore quelques restes

    De l'amour qui prie à genoux.

Peut-être que la maladie

Jette un sombre nuage au travers de ton ciel,

Et tu ne vois en elle encor qu'une ennemie

Qui te présente à boire un calice de fiel.

Sa parole est amère, et sa main te secoue.

Morose, elle te suit dans les champs où se joue

Ta jeune imagination ;

Et, si parfois la nuit elle dort ou sommeille,

Tu la trouves bientôt, quand le matin s'éveille

A ton chevet en faction.

Mais pourquoi t'attristerait-elle,

Quand souvent elle parle aux esprits attentifs

D'une mer sans rivage, où la moindre nacelle

Peut voguer sans trouver d'orage ou de récifs ?

Elle parle à l'enfant qu'elle berce à toute heure

D'un monde où le soleil dans ce beau ciel demeure,

Sans darder de brûlants rayons.

Oui, l'âme qui parcourt les plaines de la vie,

Dans un éther sans fond perce, heureuse et ravie,

D'interminables horizons.

La maladie ! elle rappelle

A qui s'est égaré dans un milieu railleur ,

Les magiques splendeurs d'une terre plus belle,

Et des jours écoulés dans un monde meilleur.

Elle lui fait percer le terrible mystère

De l'Homme-Dieu gisant sur une rude terre

Dans l'ombre de Gethsémané ,

Et lui fait mieux ouïr, sous sa main qui le presse ,

Sur la sanglante croix , ce grand cri de détresse

D'un sein plein d'amour émané.

Mais que t'importe, à toi fidèle,

La souffrance qui met notre tente en lambeaux ?

Tu sais , malgré les cris de notre chair rebelle,

Que ce n'est pas ici le séjour du repos.

Tu n'es point avocat, ni soldat, ni monarque ;

Tu n'as pas, médecin, de la terrible Parque

Affilé les ciseaux tranchants ;

Tu sais ton nom inscrit dans les saintes phalanges,

Et , poëte chrétien, tu peux au chœur des anges

Mêler aussi tes nobles chants.

D'où vient donc l'ennui qui t'oppresse
Et qui te fait pousser comme un cri de douleur?
Peut-être as-tu vu fuir la coquette maîtresse
Qui chantait avec toi la joie et le bonheur ?
Peut-être qu'elle a peur de ta face rigide ,
Et craint de rencontrer sur ton front quelque ride
    Que sa voix ne dissipe plus ,
Et ne te livre plus les baisers de sa bouche ,
Lorsque , triste et rêveur , sur ta brûlante couche
    Tu verses des pleurs superflus.

Mais non : c'est une fille chaste
Dont l'amour a planté sa racine en ton cœur ;
Et tu ne trouves plus dans ce désert si vaste
Qu'un sol qui se refuse à l'arbre du bonheur ;
Et l'hymen différé te semble un long martyre,
Où la main du bourreau parfois ne se retire
    Que pour te laisser à loisir ,
Etendu , pantelant sur la fatale claie ,
Savourer les douleurs de la profonde plaie
    Que le Dieu bon seul peut guérir.

Ah ! pourquoi perdrais-tu courage ?
Ami, regarde en haut et poursuis ton chemin.
Sans t'y briser le front, demeure dans ta cage,
Te confiant à Dieu pour le jour de demain.
Le Juste qui pour nous mourut sur le Calvaire
Nous dit qu'il est plus doux, parmi tant de misère,
    De donner que de recevoir.
Aime comme il aima, fut-ce sans espérance.
Contente-toi d'aimer, même dans la souffrance;
    Car l'amour est notre devoir.

    Voudrais-tu la banale joie
Qui ressemble aux jardins nettoyés au rateau,
Sans une pauvre pierre au milieu de la voie,
Avec leur petit lac et leur petit bateau?
Mais l'amour sans chagrin est une sotte chose.
N'as-tu donc pas, enfant, remarqué que la rose
    Sans épines est sans parfum?
Et ne saurais-tu pas, cruelle expérience,
Que l'amour qui s'endort après la jouissance
    Est bientôt un amour défunt?

L'homme a péché. Qu'il souffre et meure !

Qu'il mouille de sueur son pain de chaque jour !

La douleur lui sied bien: qu'il souffre donc et pleure

Pour ranimer en lui les sources de l'amour !

La tristesse est sa sœur, selon le monde impie,

Pour lui donner la mort; selon Dieu, pour la vie,

    Et pour l'aider au repentir.

C'est elle qui rappelle à son âme étonnée,

Sous l'ombre de la croix, sa haute destinée,

    Pendant l'éternel avenir.

    Mais l'ennui, qu'est-il sur la terre ?

Le plus grand ennemi des fiers indépendants,

Qui de tout temps poussa les hommes à mal faire,

Et leur mit à la fin la pipe entre les dents.

Enfant lourd et pataud de l'ignoble paresse,

Jeune homme las, avant d'atteindre la vieillesse,

    Il vit au fond des cabarets ;

D'impures passions remplit le cœur aride,

Et met, impitoyable, une épée homicide

    A la main des coupe-jarrets.

C'est lui qui prépare les fêtes
Où la femme se tord sous des regards lascifs,
Où tant de fraiches fleurs poussent leurs belles têtes,
Et livrent aux gourmands leurs beaux fruits trop hâtifs.
C'est lui qui raccourcit les jupons des danseuses,
Pour donner plus d'attraits aux heures paresseuses
    Que l'on dépense à l'Opéra ;
Qui fait ruer le peuple autour des guillotines,
Et dilate à plaisir ses lubriques narines
    Devant un pauvre scélérat.

C'est lui qui conduit à la chasse
Du fond de son manoir le pesant hobereau ,
Et change à certains jours l'homme de toute classe,
Pêcheur ou braconnier, en élève bourreau.
C'est lui qui jette à flots le peuple dans l'arène
Où roule dans le sang le beau taureau que traîne
    Une carcasse de cheval,
Peuple de suicidés la Tamise profonde,
Et suspendit au croc, dans un égoût immonde,
    Le pauvre Gérard de Nerval.

Ne permets donc pas qu'un tel hôte

Mette le pied chez toi pour troubler ta maison.

Quand avec une muse on marche côte à côte,

Quand on peut invoquer l'amour et la raison,

Qu'a-t-on besoin de plus contre un tel adversaire,

Lorsque, les yeux fixés sur la croix du Calvaire,

On veut soutenir ses assauts ?

Entre la foi, l'amour et la constante étude,

L'ennui ne peut trouver place en ta solitude :

Il ne peut vaincre que les sots !

EUGÈNE DEVÉRIA.

1er Juin 1858.

A MON CHER MAITRE M. DEVÉRIA.

« Si vous daignez me consoler, soyez béni ;
et si vous voulez que je sois toujours dans
la tristesse, soyez toujours également béni.»

Imit. de J.-C.; c. XVII, l. III.

IER j'étais bien triste en quittant la maison ,
Et mes yeux avaient peine à retenir les larmes
  Qui s'échappaient de leur prison ,
Je souffrais en silence , et j'y trouvais des charmes.
Je souffrais, mais enfin , pour calmer ces alarmes,
Pensif , les yeux baissés , je dirigeais mes pas
Vers votre atelier , maître , et je songeais tout bas
  Qu'un mot de vous , une douce parole ,
Allait guérir mon âme en la fortifiant ,
Et que dans un travail assidu , patient ,
S'éteindraient les tourments d'un cœur qui se désole ,
  D'un cœur qui fut trop confiant.

Oui, pour moi le travail est un rare trésor;
Et, bien que maladroit sous la main qui le presse,

    Quand mon crayon prend son essor,
Il chasse loin de moi l'ennuyeuse tristesse,
Il dilate mon cœur, le rend à l'allégresse;
Car chacun de ses traits efface un souvenir.
Alors, rempli d'espoir, je lis dans l'avenir

    Des jours heureux, peut-être un peu de gloire.
Marche donc, mon crayon, vole comme le vent :
Je songe à la palette, et me voilà content.
Salut, salut, salut, ma palette d'ivoire !

    Salut, mon beau soleil levant !

    Oui, maître, j'étais triste hier; car le bonheur
Que j'avais tant rêvé, que sous toutes les formes

    Je croyais voir, plein de splendeur,
Briller au beau ciel bleu..... des nuages énormes
Accoururent soudain, orageux et difformes,
Et je ne vis plus rien du bel azur des cieux.
Avec lui le bonheur disparut à mes yeux.

    J'étais chagrin ; mais la raison chrétienne
Apaisait mon tourment, et je me souvenais
Des mots de mon Sauveur. Avec lui je disais :
« Ta volonté soit faite, ô Père, et non la mienne ! »

    Et calmé chez vous j'arrivais.

Et chez vous m'attendait une douce surprise :
Vous m'adressiez des vers. Oh ! que je fus heureux !

D'abord j'eus peur d'une méprise ;
Mais c'était bien pour moi. Dans vos vers chaleureux
L'ange des bons conseils est descendu des cieux.
Merci, maître, merci ! Plus légère est ma peine.
De résignation mon âme est toute pleine :

Je crois encore, oui, je crois à l'amour.
Merci pour cet instant de douce jouissance
Où je laissai couler mes larmes en silence.
Merci ! car dans mon cœur, à partir de ce jour,

Je sens redoubler l'espérance.

Pau, 4 Juin 1858.

AMOUR PERDU.

A M. GUSTAVE H***.

Aimer, c'est tout souffrir, sans se plaindre jamais;
Aimer, c'est s'immoler, tous les jours, à toute heure;
Aimer, c'est s'enivrer des larmes que l'on pleure.

LOUIS RATISBONNE.

ELLE est partie ! eh bien ! qu'y faire ?
O mon ami, consolez-vous.
Il faut tâcher de vous distraire ,
Et rester longtemps parmi nous.
C'est une bien vive blessure
Que la blessure de l'amour ;
Mais on aime , la chose est sûre ,
A sentir son mal nuit et jour.

Aussi nous vous parlerons d'elle,
De son front pur, de ses beaux yeux;
Nous vous dirons qu'elle était belle,
Autant qu'un bel ange des cieux;
Qu'elle était douce et gracieuse,
Et que, sur le bord du tombeau,
Elle était tranquille et rieuse
En prévoyant un jour plus beau.
Aimez donc la comtesse Aline
Prête à partir pour le ciel bleu.
Le soir, quand votre front s'incline,
Priez pour elle auprès de Dieu.

Pau, 5 Juin 1858.

STEEPLE-CHASE A PAU

(Le 5 Juin 1858).

A M. LE DIRECTEUR DU *MÉMORIAL*.

Vous trouverez, peut-être,
Monsieur le Directeur,
Que n'ayant pas l'honneur,
L'honneur de vous connaître ;
Je suis audacieux,
Effronté comme un page,
De venir en ces lieux
Faire autant de tapage.
Tapage... est-ce le mot ?
Non, il faudrait, je pense,
Avoir quelque importance,
Et ce n'est pas mon lot.

Enfin je veux vous dire
D'être fort indulgent,
Si vous voulez me lire,
Car je suis négligent.
Je n'aime pas la prose,
J'écris toujours en vers.
Aussi, lorsque je cause,
Je parle de travers.
Donc, monsieur, je m'empresse,
En *vers* et contre tout,
D'écrire un petit bout
Sur ce grande steeple-chase.

L'hippodrome vraiment
Est des plus magnifiques,
Et l'endroit est charmant
Pour des luttes hippiques.
On ne peut guère avoir
Une plus belle piste;
Même un simple touriste
Peut s'en apercevoir.
La campagne est splendide,
Et, de tous les côtés,
Notre regard avide
Ne voit que des beautés.

Près de nous, c'est la plaine
Avec ses laboureurs,
Enfants lourds et flâneurs
Qui récoltent sans peine.
Puis (coup d'œil merveilleux !)
Ce sont les Pyrénées
Aux sommets orgueilleux,
De neiges couronnées.
Enfin je me permets
De vous dire à l'oreille :
Tout irait à merveille ;
L'on serait content, mais....

Chaque tribune est laide ;
Les bois sont vermoulus.
Philanthrope, je plaide
Pour qu'on n'y monte plus.
Et puis ces pauvres bêtes
Avec leurs flancs maigris,
Briguant quelques paris
Sur leurs piteuses têtes,
Font saigner tous les cœurs.
Car sont–ils présentables,
Ticket, Grog, les vainqueurs,
Ces vrais coureurs d'étables ?

Je ne parlerai pas
De Biche, pauvre fille,
Qui traînait sa guenille
En boitant au plus bas.
Vraiment c'est incroyable :
Si j'étais des conseils,
Je serais intraitable
Pour des coureurs pareils.
Fanfaron, Léonie,
Voilà de vrais chevaux ;
Silvan est des plus beaux,
D'une ardeur infinie.

Mais puis-je terminer
Tout ce long bavardage,
Et ne pas vous parler
D'un certain personnage
Qu'on dit Américain.
Il courait sur Poulette,
Jument par trop replète,
Mais d'un bon petit train.
Sur sa casaque noire
Il avait fait planter,
En guise d'accessoire,
Des pains à cacheter.

Ce n'est qu'en Amérique
Que l'on peut espérer ,
Je crois , de rencontrer
Un goût si fantastique.
Mais , en définitif ,
Si l'on n'a rien à faire,
Si l'on cherche un motif
De pouvoir se distraire ,
Pour les courses soudain
On part en cavalcade ,
Et de la promenade
On rentre mort de faim.

Pau , 6 Juin 1858.

LA BRISE.

Soufla le vent, soufla le vent !
Il emporta la feuille et le serment.

Où vas-tu traversant l'espace,
        Brise d'amour,
Avec ta fraicheur qui délasse
        Des feux du jour ?

Irais-tu dans la Normandie,
        Sous les pommiers,
Ou dans les plaines d'Arcadie,
        Sous les palmiers ?
Mais si tu pars pour la Touraine,
        Aux frais séjours,
Va dire à ma belle, à ma reine,
        Que pour toujours

Mon cœur ne battra que pour elle ,
Et que jamais
Je ne saurais être infidèle
A ses attraits.

De nouveau traversant l'espace ,
Tu reviendras.
Mais, si de mon cœur elle est lasse ,
Ne reviens pas.

Pau , 9 Juin 1858.

RONDEAU.

~~~

A MON ENCRIER.

ON encrier est du plus pur cristal,
Simple et charmant, sans rien qui le décore;
  Il est, selon moi, sans égal.
En me levant, d'un sourire amical
  Je le salue à chaque aurore.

Quand j'écrivais à ma gentille Flore,
Ma main courait pour dépeindre mon mal,
  Pour tracer ce nom que j'adore,
      Vers l'encrier.

Tel qu'un soldat qu'un coup de feu brutal
Vient de coucher sur le lit qu'il colore,
Mon bonheur est à l'hôpital.
Aussi, de peur que l'ennui me dévore,
Aujourd'hui j'ai recours encore
A l'encrier.

Pau , 9 Juin 1858.

SONNET.

—

A MADAME SÉÉGER.

ous me dîtes hier : A ce soir, moi de même
Heureux je répondis : Oui , madame , à ce soir.
Mais j'étais trop content, ma joie était extrême,
Et le sort prit plaisir à briser mon espoir.

Et j'entendais d'en bas la musique que j'aime :
Je n'avais qu'à monter, écouter et m'asseoir,
Quand soudain devant moi , dans cet instant suprême,
Parurent deux enfants : le Plaisir , le Devoir.

Le premier me disait : Tout s'use , ami , tout s'use.

Demain n'est pas bien sûr , et ce soir on s'amuse.

L'autre me répétait : Mon ami , sois prudent.

J'écoutais cette voix : je partis cependant.

M'avez-vous excusé ? vraiment , oui , je l'espère.

Lorsque je fus prudent , je pensais à ma mère.

Pau , 12 Juin 1838.

LA FATALITÉ.

QUE drôle est la vie !
Lorsque le bonheur
Vient et nous convie
Pour un sort meilleur ,
Une laide fille ,
De triste famille ,
Qui jamais ne brille
Que dans le malheur ;

Que partout on nomme
La Fatalité ,
Vient crier à l'homme :
Va de ce côté.
Hélas ! pauvre sage ,
Tu rêvais ménage ,
Modeste village
Et tranquillité.

Va courir le monde ,
Visite les cours.
Laisse là ta blonde ,
Tes rêves d'amours.
Visite l'Espagne ,
La grande Bretagne ,
La douce Allemagne,
Et marche toujours.

Toi , dès ton jeune âge ,
Nourri de récits ,
Tu rêvais voyage
Et lointains pays ;
A toi cette chaîne :
Un bureau t'enchaîne.
Dévore ta peine ,
Et reste au logis.

Et toujours, en somme ,
Berné , ballotté,
Il n'est pas un homme ,
Si bien abrité

De la noire envie,
De la maladie,
Qui n'ait pris la vie
Du mauvais côté.

Dans notre hémisphère
Courant de bon cœur,
Je cherchais naguère
Le parfait bonheur.
Je croyais sans doute
Le voir sur ma route,
Et lui dire : Ecoute.
L'espoir fut trompeur.

Changeant donc de thèse,
J'ai voulu, ma foi,
L'attendre à mon aise
En restant chez moi.
Qui croira la chose ?
Un jour l'enfant rose,
Par la vitre close,
Montra son minoi.

Vite , je me lève ,
Et lui tends les bras.
C'était plus qu'un rêve ;
Je ne dormais pas.
Quel charmant sourire !
Et quel doux délire !
Quand prenant ma lyre
Il chantait tout bas !

Mais comme tout passe ,
Voilà qu'un matin ,
A travers l'espace ,
Le blond chérubin ,
Tout à coup s'élance ,
Puis il se balance ,
Avec indolence
Dans le bleu lointain.

Rends-moi ta tendresse ,
Petit inconstant ,
Car dans ma détresse ,
Depuis cet instant ,

Pauvre feuille morte,
Je vais, peu m'importe,
Où le vent m'emporte....
J'espère pourtant.

Pau, 14 Juin 1858.

ABSENCE.

A MON AMI GUSTAVE DE COUTOULY.

Comme la vie est faite! et que le train du monde
Nous pousse aveuglément en des chemins divers!
THÉOP. GAUTIER. (Destinée).

LIC , clac , la voiture est en branle :
Il n'est plus temps de revenir ;
Clic , clac , et dans mon cœur s'ébranle
Un triste et cruel souvenir :
     Il faut partir !
Puisqu'il le faut, je pars quand même.
Oui , mais, dans cet instant suprême ,
Je veux donner à ceux que j'aime ,
Des pleurs , un regret , un soupir.

17

O cher ami , mon bon Gustave ,
Hier que j'étais sérieux !
Absorbé dans un penser grave ,
Je paraissais bien malheureux ,
  Bien soucieux.
Car , pauvre oiseau , j'aimais ma cage ,
Et , sans y faire grand ouvrage ,
Goûtant les plaisirs de mon âge ,
Je chantais et j'étais heureux.

J'étais heureux , j'aimais la vie.
Mais un monstre au regard voilé ,
Un monstre noir , la maladie ,
S'en vint d'un vol échevelé :
  Moi , tout troublé ,
Afin d'éviter sa furie ,
Avec l'aile toute meurtrie ,
Hier de ma prison chérie
Vite je me suis envolé.

J'ai vu de superbes montagnes
Qui s'étendaient bien loin , bien loin ;
J'ai vu d'admirables campagnes ;
J'ai respiré l'odeur du foin
  Et du sainfoin ,

Et je volais à tire d'aile,
Parmi ce brillant pêle-mêle
Cherchant, ainsi que Philomèle,
Un endroit frais, un petit coin.

J'ai rencontré sur cette terre,
Le croiriez-vous, ô mon ami !
Une retraite solitaire
Où mon chagrin s'est endormi
    Presque à demi ;
Une grandiose nature,
 Un joli ruisseau qui murmure,
Une ombre fraîche, une ombre obscure
Où déjà mon cœur a gémi.

Aussi, déjà moins soucieuse,
Respirant partout la fraîcheur,
Mon âme a-t-elle, tout heureuse,
Remercié son Créateur
    Avec ardeur.
Déjà la flatteuse espérance
Verse un baume sur ma souffrance,
Et dans le calme et le silence
Me fait entrevoir le bonheur.

Saint-Christau, 16 Juin 1858.

LE TEMPS FUIT, L'AMITIÉ RESTE.

IMPROMPTU.

—

AU PRINCE ALEXANDRE HILKOFF.

HIER au soir, que notre tête-à-tête
Plein d'abandon, prince, m'a semblé doux!
J'étais heureux d'oublier cette fête
Dont tous les bruits arrivaient jusqu'à nous.
Vous m'avez dit qu'en mainte circonstance
Le peuple Anglais, dans sa froide amitié
Moins prompt que nous, montrait plus de constance.
Cela posé, prenons-en la moitié.

Comme son cœur est de marbre ou de glace,
L'Anglais prudent vous observe d'abord.
Son amitié sans doute est plus tenace,
Mais sa froideur, à mes yeux, lui fait tort.
Le Français, lui, la donne à l'instant même,
Sans calculer comme un spéculateur.
Si vous partez, son chagrin est extrême;
Revenez-vous, il vous rouvre son cœur.

Prince, l'Anglais est comme l'immortelle:
Sans nul parfum ainsi que cette fleur
Son amitié, quelle douceur a-t-elle?
Elle est sans charme et ne dit rien au cœur.
Ah! j'aime mieux la simple violette:
Elle a toujours ses modestes attraits;
Elle est toujours aussi fraiche et coquette.
Telle est, je crois, l'amitié du Français.

Saint-Christau, 16 Juin 1858.

UN SUSPIRO.

QUINZE jours sont passés, et je sens dans mon âme,
Comme un poignard aigu, comme une ardente flamme,
Toujours même douleur.
Tout m'est indifférent. Que dis-je? un nom me touche;
Il ravive mon cœur, il revient sur ma bouche,
Ce nom plein de douceur;

Ce nom, ce nom chéri, que les divins archanges
Et les blonds chérubins disent dans les louanges,
Qu'ils chantent dans les cieux;
Ce nom si ravissant, que l'enfant, en prière,
Sourit en le disant, et regarde sa mère
Qui le couve des yeux.

Ce nom que le marin , au fort de la tempête ,
Quand les flots furieux se dressent sur sa tête ,
     Invoquera toujours ;
Ce nom qui n'est pour moi que fraîche rêverie ,
Grâce et baume divin ; car ce doux nom , Marie ,
     Résume mes amours.

Charmante jeune fille ! aimable enchanteresse !
Plus de bonheur sans vous, sans vous plus d'allégresse ;
     Je ne sais que pleurer.
Je suis seul , toujours seul au milieu de la foule ,
Et me laisse emporter où le torrent s'écoule ,
     Sans plus rien désirer.

Que dirait-il , voyant sa compagne chérie
Empourprer de son sang l'herbe de la prairie ,
     Le pauvre oiseau des bois ?
Après avoir longtemps d'une note plaintive
Fait retentir les monts, les bosquets et la rive ,
     Sentant mourir sa voix ,

Loin du bruit il irait dévorer sa tristesse ;
Car pour lui plus d'espoir, plus de chant de tendresse ;
     Hélas ! tout est fini.
Et puis, un beau matin, une enfant tout heureuse

Verrait le pauvre oiseau sur une scabieuse
    Mort auprès d'un vieux nid.

Revenez , ô Marie , ô ma belle adorée !
Le matin je languis, et la morne soirée
    Sans nul plaisir s'enfuit ;
Car vous n'êtes plus là , vous si gaie et si franche ,
Joli petit oiseau, qui chantiez sur la branche
    Et le jour et la nuit.

Oui, vous êtes partie ! A moi tout vous rappelle ;
A mon cœur éploré ma mémoire fidèle
    Fait revoir chaque endroit
Qu'embellissait jadis votre aimable présence ,
Et qui, triste aujourd'hui de votre longue absence,
    Me paraît sombre et froid.

Ah ! non, ne t'en va pas dans ta froide patrie....
Revenez , revenez , ô ma belle Marie :
    Je ne vis que par vous.
Revenez nous montrer votre charmant visage ;
Ah ! revenez encore , ô ma blonde volage ,
    Vous asseoir parmi nous.

Saint-Christau, 21 Juin 1858.

SPLEEN.

De lugubres pensées
Tournaient devant mes yeux sur leurs ailes glacées
Et me rasaient le front,
Comme on voit sur le soir, autour des cathédrales,
Des essaims de corbeaux dérouler leurs spirales
Et voltiger en rond.

THÉOP. GAUTIER.

RÉPONDEZ franchement, répondez cher lecteur,
Etes-vous satisfait, le jour où le docteur,
D'un pas majestueux, vu le ventre qu'il porte,
S'en vient de grand matin frapper à votre porte
Pour mieux vous ausculter, vous palper, vous lasser,
En vous faisant tousser, compter et retousser?
Si vous êtes content, vous avez de la chance.
Pour moi, si voulez savoir à quoi je pense,
Je pense à mon cercueil, je me crois déjà mort,
Et petit à petit je me fais à mon sort.

Moi couché sur le dos avec six pieds de terre,
Qui s'en apercevra, hormis ma pauvre mère,
Mon bon père, ma tante, et deux ou trois amis,
Sans oublier non plus, mes petits ennemis ?
Personne assurément. Eh ! ma foi, comme un sage
Puisqu'il me faut mourir, que ce soit sans tapage.
Peut-être cependant qu'un poëte rêveur,
Amoureux du silence et cherchant la fraicheur,
S'enfuyant, un beau soir, loin du bruit de la ville,
En voyant tout à coup une étoile qui file,
Tout pensif, donnera, dans son cœur, un soupir
A moi qui m'en irai pour ne plus revenir.

La vie, hélas ! n'est qu'un voyage :
Ce n'est pas moi qui l'ai dit le premier.
A répéter ce vieil adage
Je ne serai, certes, pas le dernier.

Pour quelques-uns la route est belle,
A part souvent certains petits cailloux,
Ou la méchante haridelle
Dont le sabot réclame quelques clous.

Mais, pour bien d'autres en grand nombre,
Tous les chemins sont mauvais et scabreux :
Jamais de soleil, toujours l'ombre ;
L'œil n'aperçoit que gouffres dangereux.

Or donc, ami lecteur, partagez ma détresse.
Sachez que, ce matin, la fortune traîtresse,
Au sortir d'un doux songe où je voyais encor
Ma belle fiancée et mes beaux rêves d'or,
M'envoya le docteur. Oh ! quel triste réveil,
Quand on sort d'être heureux, du moins dans son sommeil !
Enfin, bon gré mal gré, j'endurai la visite.
Que n'eus-je pas donné, Dieu ! pour en être quitte !
Allons, rêves chéris, qui montiez tout joyeux
Au ciel de l'avenir, pauvres ambitieux,
Descendez maintenant ; car le docteur l'ordonne.
Défense de rêver. Il veut que ma personne
Soit nulle absolument, et que j'en prenne soin.
« L'esprit use le corps ; vous n'irez pas bien loin,
Si vous vous fatiguez à penser pour écrire, »
M'a-t-il dit en partant. N'a-t-il pas voulu rire ?
« Soignez-vous, mon ami, songez à vos parents,
Et vous serez guéri, sans doute, avant deux ans. »

Deux ans ! Bonsoir , docteur ; merci de l'espérance.

Avant deux ans , bien sûr, je crois que la souffrance

Aura fini son bail. Peut-être lira-t-on

Sur un beau marbre noir : Ci-gît Monsieur Léon

Mort d'un rêve d'amour qui lui tourna la tête.

Il n'a jamais voulu faire comme une bête ,

Manger , boire et dormir. Priez donc Dieu pour lui.

Il aima mieux mourir que vivre avec l'ennui.

Car ce serait deux ans qu'il me faudrait combattre

Les élans de mon cœur et l'empêcher de battre.

Or , selon moi, l'amour est le soleil du cœur ;

L'amour donne la vie , ainsi que le bonheur.

Et par amour j'entends la divine étincelle

Qui nous descend des cieux, et nous guide vers celle

Qui , touchée à son tour d'un sentiment si doux ,

Le cœur encor tremblant, vient au devant de nous.

Eh bien ! plus rien pour moi !... Supplice de Tantale !

Je dois me transformer en modeste vestale ,

Ne plus rien désirer sous la voute des cieux ,

Oublier le bonheur et fermer mes deux yeux,

Pour entendre une voix me crier dès l'aurore :

« Défense à toi d'aimer : attends , attends encore. »

Deux ans ! toujours deux ans ! mon Dieu, qu'ai-je donc fait?

Quel crime est donc le mien? quel est donc mon méfait?

Car, je le sens, mon cœur, mon cœur n'a plus de force ;

L'amour me tend en vain sa séduisante amorce :

Je ne dois plus aimer !... je ne veux plus aimer.

Oh ! mon Dieu qu'ai-je fait? Comment donc vous calmer?

Pourquoi, si jeune encore, une croix si pesante ?

Sans cesse à mon esprit si la mort se présente,

Est-ce pour me punir d'avoir dans un amour

Concentré tout mon être ? et vous , vous en retour,

Vous si bon , vous si grand , vous si plein d'indulgence,

Faites-vous donc sur moi tomber votre vengeance ?

Et cependant, hélas! lorsque j'étais aimé,

Lorsque d'un tendre feu saintement animé ,

Mon cœur joyeux alors s'ouvrait à l'espérance ,

N'ai-je pas tous les jours , dans ma reconnaissance ,

Béni, matin et soir, le nom de mon Sauveur ,

Reportant tout à lui, mes plaisirs, mon bonheur ?

Coulez en silence , mes larmes.

Pourquoi donc toujours murmurer?

Tout seul je dois, je veux pleurer,

Tout seul dévorer mes alarmes !

Il faut, pour oublier le funeste passé,
  Beaucoup de force et de courage,
Un cœur que les chagrins n'aient pas encor lassé,
  Un doux soleil après l'orage.
  Il faut... mais que faut-il de plus?
  Un bon souvenir à sa mère,
  Et notre cœur prend le dessus,
  Et de nouveau l'on dit : j'espère.

O ma mère, il est temps, viens essuyer mes pleurs,
Me conter tes chagrins et mêler nos douleurs;
Viens me dire de vivre et d'imiter le sage ;
Etouffe dans mon cœur mes sombres cris de rage.
De tous les médecins, n'es-tu pas le meilleur?
Puis nous irons tous deux invoquer le Seigneur.
Je lui dirai : Mon Dieu, conservez-moi ma mère ;
Et d'avance mon cœur devine ta prière.
Oui, viens près de ton fils, viens le tranquilliser :
Ton fils sera guéri, dès ton premier baiser.

    Saint-Christau, 9 Juillet 1858.

BEPPO.

—

POÈME. — FRAGMENTS.

Nspire mon audace, ô ma Muse chérie ;
Dans des sentiers nouveaux guide-moi je t'en prie.
Je voudrais, devenant poëte sérieux,
Fixer sur un objet mon esprit curieux
Dont le vol inconstant effleure mille roses.
Je voudrais, je voudrais... Mais je veux bien des choses ;
D'abord faire un poëme un peu digne de moi,
Un important poëme ; et le puis-je sans toi ?
Vraiment ce beau projet excite ma vaillance ;
Mais, je le dis tout bas, je frémis quand j'y pense.
Lecteur, te souviens-tu qu'une montagne, un jour
Prise du mal d'enfant, aux cantons d'alentour

18

Après avoir porté le trouble et l'épouvante
Parmi les flots nombreux d'une foule mouvante
Que faisaient tressaillir sa douleur et ses cris,
Accoucha bravement d'une pauvre souris.
Tu t'en souviens, lecteur? Eh bien ! j'écris quand même.
Advienne que pourra : je veux faire un poëme.
Seconde mes essais, à mes désirs accours,
Muse des longs travaux, ma joie et mes amours,
Muse, ma bonne sœur, ma chère confidente,
Toi, dont la douce voix est toujours consolante,
Lorsque je viens te dire : Ah! je suis malheureux !
Toi qui souris aussi lorsque je suis heureux,
Lorsque mon pauvre cœur, oubliant sa souffrance,
Voit l'avenir en beau, doré par l'espérance ;
Toi dont toujours l'oreille est prête à m'écouter,
Fais que rien de fâcheux ne vienne m'arrêter,
Et que jamais mon vers ne cache ma pensée,
Afin que, sans regret de l'heure dépensée,
Le lecteur, envers moi déjà si bienveillant,
Ne soit pas obligé vingt fois, en s'éveillant,
De se frapper le front avant de bien comprendre
Ce qu'un vers trop obscur ne peut lui faire entendre.
Accueille mon projet, souris à mon réveil,
Viens caresser mon front et charmer mon sommeil;

Voltige, blonde fée au ravissant visage,
Sur ton char merveilleux formé d'un seul nuage.
Ah! viens, mes bras toujours seront tendus vers toi.
Je t'aime, tu le sais, et veux suivre ta loi ;
Je t'aime, et si tu veux répandre sur mon âme
Une douce chaleur qui l'anime et l'enflamme,
Mes amis daigneront approuver mes essais.
O Muse, c'est de toi que j'attends le succès.

D'ailleurs j'aurai toujours un titre à l'indulgence.
Car, en dernier ressort, je nourris l'espérance
Qu'il est toujours des gens qui ne peuvent dormir,
Et qu'en un cas pressant je pourrais assoupir.
L'un rêve à son argent, l'autre songe à sa belle.
Ici tout est perdu, là l'on est infidèle.
Avec tant de chagrin comment fermer les yeux,
Si Beppo n'était là calme et silencieux ?
Oh! mon petit Beppo, quelle serait ta joie,
Si tu pouvais aussi, sous ces rideaux de soie,
Sur ces coussins moelleux, sur ce bel oreiller
Si blanc, que les amours y voudraient sommeiller,
Si tu pouvais, ami, par un doux artifice,
Endormir mollement quelque belle lectrice,
Passer la nuit près d'elle, en écoutant son cœur.
Battre plus ou moins fort en rêvant le bonheur!

Oui, déjà ce serait un succès d'importance,
Capable d'exciter ma verve et ma constance.
Car moi-même en ami partageant cet honneur,
Je serais fier pour toi d'une telle faveur.
Peut-être qu'un matin, pressé contre sa tête,
Tu seras chiffonné... Mais ta fortune est faite.
La belle a reconnu l'ami de son sommeil,
Et te retrouve encore au moment du réveil.
Désormais Beppino fera le tour du monde.
Qui ne lirait mon œuvre?... Hélas ! pauvre faconde !
Pauvres rêves dorés, qui s'écroulent souvent,
Comme un château fragile, au moindre coup de vent.

Où donc t'égares-tu, poëte, allez-vous dire ?
Des propos d'un bavard on se lasse de rire.
Bavard, entendons-nous, et non pas indiscret.
Dieu m'en garde toujours !... A chacun son secret.

Mais il est temps, je crois, laissant tout badinage,
De vous montrer enfin mon petit personnage,
L'original Beppo, l'unique et sans pareil,
Dont j'ai parlé plus haut à propos de sommeil.

C'est un charmant garçon, Messieurs, on peut m'en croire.
Je vais vous raconter sa véridique histoire.
Si Beppo se présente à la postérité,
Avec autant d'aplomb et de sécurité,
C'est qu'il a devers lui la certitude intime
Qu'il fera ses efforts pour gagner votre estime.

Or donc, en quelques mots, je vais vous esquisser
Sa personne physique, et même m'efforcer
De vous représenter sa personne morale,
Sans me perdre longtemps dans ce vaste dédale,
Cet abîme sans fond, le pauvre cœur humain,
Aujourd'hui pensant noir et blanc le lendemain.

D'abord de son physique on ne saurait médire,
Étant de ces gens-là dont on ne saurait dire:
« Quel monstre de laideur ! » On aurait mauvais goût.
Sans être un Apollon, il peut passer partout,
Sans prétendre pourtant qu'aucune jeune fille
Puisse en le regardant arrêter son aiguille,
Ou se monter la tête à perdre le repos,
En le faisant soudain le splendide héros
De ces rêves dorés dont l'erreur est si chère,
Où l'on croit le bonheur possible sur la terre;

De ces rêves d'azur qu'étoilent ses quinze ans,
Qui s'envolent hélas ! avec son doux printemps.
Sa taille... eh bien ! sa taille... attendez que je cherche.
Ce n'est pas tout à fait ce qu'on nomme une perche ;
Peu s'en faut cependant. Il se met avec soin,
Et, rien qu'à sa moustache, (on la voit d'assez loin,)
On reconnaît en lui l'enfant de la Castille,
Ce pays aux yeux noirs brillant sous la mantille.
Oui, friser sa moustache est un grave travail :
Il ne saurait pas plus négliger ce détail
(Un tel travers, Messieurs, peut-être vous étonne,)
Qu'oublier chaque jour de prier sa madone.
Ses longs cheveux flottants peuvent passer pour beaux ;
Car ils ont le reflet de l'aile des corbeaux.
Ses yeux lancent l'éclair, quand la douleur le mine ;
Ils sont pleins de douceur, quand l'amour le domine.

Son physique dépeint, passons à son moral :
Je vais vous en donner l'aperçu général.
Garçon paisible et doux, avec un cœur très-vaste
Formant vingt fois par heure un étrange contraste ;
Si vaste, que je crois pouvoir vous affirmer
Que mon Beppo serait assez fort pour aimer,
En amateur du beau, toutes les belles femmes
Que Dieu fit tout exprès pour enchanter nos âmes.

Lui prétend me prouver que je suis dans l'erreur,
Quant au nombre du moins, et que, pour le bonheur,
Il ne peut l'espérer qu'avec celle qu'il aime.
Mais je crois franchement qu'il s'abuse lui-même.
Du reste mon héros tranquille en son réduit,
Redoute le scandale et déteste le bruit.

. . . .

C'est un homme loyal. Je sais qu'à son oreille
Un discours médisant jamais ne fit merveille,
Et que ceux-là, pour sûr, seraient ses ennemis,
Qui devant lui viendraient critiquer ses amis.

Messieurs, vous avez vu Beppo dans tout son jour,
Or, puisque dans son cœur règne le dieu d'amour,
C'est dire assurément que chez mon personnage
On est sûr de trouver les vertus d'un grand sage,
Et quelquefois aussi les défauts d'un grand fou.
Mais où sont les parfaits? ils sont.... je ne sais où.
Je ne suis point le sage : à d'autres la couronne !
Ce n'est pas vous non plus ; enfin ce n'est personne.

Pau, 5 Avril 1858.

ENVOI.

ACROSTICHE A MADEMOISELLE SOPHIE ***.

Sans vous, adieu travail, beaux projets : tout est mort.
Or donc inspirez-moi, quand j'oserai traduire
Pouchkin ou Lermontoff, ces deux enfants du Nord.
Hélas ! si le destin ne brisait pas ma lyre,
Ici mes vers bientôt vous seraient dédiés,
Et je serais heureux de les mettre à vos pieds.

Saint-Christau, 17 Juillet 1858.

REQUÊTE D'UN PAQUET DE CIGARETTES.

A MADAME DE M***.

O vous, dont l'âme charitable
Souffre quand elle voit souffrir,
Vous si bonne, toujours aimable,
Vous qu'on voit toujours accourir
Dans le moment le plus propice,
Sitôt qu'il faut rendre service,
Et montrer un cœur généreux
En assistant les malheureux ;
Daignez accueillir des pauvrettes,
De misérables cigarettes
Qui, mettant leur espoir en vous,
Osent vous prier à genoux
D'écouter leur fidèle histoire,
Et d'en garder bonne mémoire.

Un jour, chez un brave marchand,
(C'était à Pau, l'aimable ville,)
Nous jouissions d'un sort tranquille
En attendant quelque chaland,
Lorsque nous vîmes un jeune homme
Entrer d'un air leste et fringant.
Il marche à nous, puis il nous nomme,
Puis il paie en argent comptant ;
(C'était très-mauvais genre ;) en somme
Nous quittâmes notre comptoir
Avec une peine infinie.

Madame, vous devez savoir
Que l'amour ou l'antipathie
Naissent assez subitement.
Or donc, ce dernier sentiment
Nous l'éprouvâmes tout de suite ;
Et jugez de notre conduite.
Dès que notre maître et seigneur
Nous alluma d'un air vainqueur,
Abandonnant la bonne route,
La fumée alla de travers,
Mit son pauvre cœur en déroute
Et son esprit tout à l'envers.

Aussi, de peur qu'il continue
A vouloir fumer malgré nous,
Nous accourons auprès de vous
Dans notre plus belle tenue,
Vous priant de nous recevoir,
N'ayant qu'un désir, qu'un espoir,
D'éloigner de nous toutes fièvres,
En nous consumant sur vos lèvres.

Saint-Christau, 17 juillet 1858.

A UNE JEUNE PERSONNE

qu'une indisposition passagère avait forcée de garder la chambre,

au grand étonnement de tout le monde, surtout au mien.

———

DEPUIS quelques jours la tristesse
Laissant un peu de repos à mon cœur,
Mes yeux ne pleuraient plus, j'oubliais ma détresse;
J'oubliais tout : dans un instant d'ivresse
J'osais même croire au bonheur.

A force de souffrir, mon âme
Avait perdu ses instincts généreux.
Je ne sentais plus rien : la louange ou le blâme
Trouvaient mon cœur sans chaleur et sans flamme.
J'abandonnais les malheureux.

J'ai tant souffert, seul, sans me plaindre!
Pauvres amis, vous m'avez cru joyeux;
Et, cependant la joie, il me fallait la feindre;
Oui bien souvent je devais me contraindre,
Quand les pleurs me montaient aux yeux.

Mais il n'est glace si dure
Qui ne se fonde aux rayons du soleil.
Ainsi, de temps en temps, la voix de la nature
D'un cœur mourant sait fermer la blessure
En lui donnant un bon conseil.

Or, depuis quelques jours les larmes
Avaient cessé de briller dans mes yeux :
Un doux contentement remplaçait mes alarmes,
Et de nouveau je retrouvais des charmes
A contempler l'azur des cieux.

Mais en moi qui pouvait produire
Ces sentiments dont mon cœur s'étonnait?
Quel ange tout à coup a donc pu me séduire?
En un instant qui donc a su détruire
Le noir chagrin qui m'obsédait?

Oui, je l'ai dit, c'était un ange
Qui, tout-à-coup égayant la maison,
A mon cœur affligé venait donner le change ;
Et le charmait par cet heureux mélange :
Folle gaîté, douce raison.

J'étais heureux de sa présence ;
Et, le matin, quand j'entendais sa voix,
Je ne me plaignais plus de ma triste existence ;
Dans l'avenir je prenais confiance,
Et je rêvais, comme autrefois.

Plus de soucis, plus de torture :
Je n'entendais partout qu'un doux concert.
Je devenais meilleur, je crois la chose sûre ;
Car de nouveau dans toute la nature
Je pouvais lire à livre ouvert.

Je me sentais l'âme joyeuse,
Et sans éclat je goûtais mon bonheur,
Le gardant pour moi seul ; car mon âme est peureuse.
Mais, vains efforts ! ma joie était trompeuse,
Après le plaisir, la douleur.

19

Qu'y faire ? C'est ma destinée.
Hier hélas ! je n'ai rien entendu.
J'attendis vainement toute la matinée.
Plus rien ! aussi durant cette journée
Je restai triste et morfondu.

Je marchais , ne sachant que faire ,
Et revenais en murmurant tout bas :
Le bonheur n'est qu'un mot, un mot qui sait nous plaire,
Mot sans valeur , dérision amère !
Mais mon cœur hélas ! n'y croit pas.

Hier tout me semblait étrange ,
Et , soucieux je fuyais dans les bois.
Mais enfin, aujourd'hui, qu'ai-je aperçu? qu'entends-je ?
De la maison , oui , oui , c'est le bon ange ,
Muse , silence ! c'est sa voix.

Oui , c'est elle ! je crois encore ,
Si ce n'est pas au bonheur , à l'espoir....
Je ne veux plus nourrir le chagrin qui dévore ;
Je veux chanter sur ma lyre sonore
Le bonheur que j'ose entrevoir.

Saint-Christau , 20 Juillet 1858.

SONNET.

—◡—

A MADAME D'ARCET.

Des vers de moi? Vous en voulez, Madame,
Et je vous ai promis de me rendre au désir
Qu'avec un doux regard votre bouche proclame,
J'obéis à l'instant pour vous faire plaisir.

Chaque heure au temps est un grand coup de rame ;
Nous fuyons devant lui; mais il sait nous saisir.
Quel que soit donc mon sort , je fais cette réclame :
« Pensez au pauvre fou , poëte par loisir. »

S'il arrivait qu'un beau jour la fortune
L'envoyât à Pékin, au Pérou, dans la lune,
Pour y chercher l'énigme du bonheur,

Il partirait, disant à ceux qu'il aime :
Ma devise toujours demeurera la même :
« Loin des regards, mais jamais loin du cœur. »

Saint-Christau, 22 Juillet 1858.

SUR UNE PETITE PIERRE BLANCHE

DONNÉE A LA CONDITION D'ÊTRE BIEN RAISONNABLE.

—⁓—

LA, sur mon cœur, bien affermie,
Si je ne te conservais pas,
Petite pierre, ô mon amie,
Comme un trésor, dont je fais cas;
Si j'allais, (le ciel m'en préserve!)
A tous les regards te montrer,
Indistinctement, sans réserve,
Assez saurait-on t'admirer?

Non, j'en suis sûr, mais sois-en fière;
Car presque tous dorénavant
Ne verraient en toi qu'une pierre,
En moi qu'un stupide savant.

D'autres , par pure politesse ,
Viendraient se pâmer devant toi ,
Comme ceux qui disent : Altesse ,
Tout est bien fait ; vous êtes roi.

Aussi pour moi je te conserve ,
Et , depuis mon triste départ ,
O mon trésor , quand je t'observe ,
Je vois toujours son doux regard ,
Le doux regard de ma Sophie
Me disant dans un tendre émoi :
« Dans vos promesses je me fie.
En la voyant pensez à moi. »

Pau , 26 juillet 1858.

PARIS PERDUS.

A M. LE DOCTEUR D'ARCET.

Ouf ! je suis vraiment bien en vie ;
C'est bien réel, je suis debout;
La pièce n'est pas finie ;
Mon écheveau n'est pas au bout.

Que c'est bête d'être malade !
D'être là couché sans manger,
Tout, pâle comme une salade
Qu'un ver blanc s'est mis à ronger !

D'être là, l'esprit en délire,
Un grand paravent sous les yeux,
Sur lequel on croit toujours lire
Ses gros péchés nouveaux et vieux ;

De voir mille dessins baroques,
Ornements, riches oripeaux,
Des galeux couverts de défroques,
Des monstres noirs, de laids crapauds ;

De sentir bouillonner sa tête,
Et se figurer être fort ;
Se voir au milieu d'une fête,
Puis tout à coup se trouver mort ;

Se croire par une maîtresse
Être des plus favorisés,
Et puis voir la folle traîtresse
Se livrer à d'autres baisers ;

Enfin, quand par cette démence
On est brisé, rompu, moulu,
Les larmes coulent en silence :
Sur son lit on tombe abattu.

Interprètes silencieuses,
Si ces larmes pouvaient parler,
Ah! que de choses douloureuses
Elles viendraient nous révéler!

J'ai pleuré ma chère Marie,
J'ai pleuré sur mon triste sort,
J'ai pleuré ma mère chérie,
J'ai pleuré, songeant à la mort.

Mais la mort, cette bonne vieille,
Le croirez-vous, mon cher docteur,
M'a dit dans le trou de l'oreille :
« O mon futur, sois sans frayeur.

« Je te fais simplement visite,
Et ne veux nullement de toi.
Mais tu sais m'oublier si vite,
Que je t'ai causé cet émoi. »

« Adieu! Bonsoir. » Elle est partie.
Je n'aime pas sa triste voix.
Sans peine je vois la partie
Remise pour une autre fois.

Tenez, je ne puis plus me taire ;
Je vais vous le dire tout bas ;
Entre nous deux c'est un mystère ;
Mon cher docteur, n'en parlez pas.

L'homme propose et Dieu dispose.
Sur votre front je vois un pli :
Vous devinez, je crois, la chose :
Depuis que je suis rétabli,

Il me faut ma chère campagne.
Dans trois jours je suis à Paris.
C'est moi qui paîrai le champagne.
Vous avez gagné vos paris (*).

Convalescence.

Pau, 7 août 1858.

(*) Le docteur avait parié que le mal du pays me prendrait, et que
j'irais voir mes parents plutôt que d'aller m'installer à Arcachon.

HORS DU LIT.

COUPLETS A MES BONS AMIS AVANT DE QUITTER PAU.

ous devez assez me connaître,
Chers camarades, chers amis :
J'aime à courir, à trop courir peut-être.
Que voulez-vous?... je me crois tout permis.
 Aussi j'arrive de voyage.
 Bien léger était mon bagage ;
 Car, pour aller contre l'usage,
J'ai voyagé, croyez-en mon récit,
  Dans mon lit (*bis*).

Sur les bords du Styx effroyable

J'ai voulu diriger mes pas.

J'ai vu Caron, ce nocher redoutable ;

Je lui criai : « Vieillard, ne tarde pas,

Force les rames, que je passe.

— Pour que tu passes? quelle audace !

Non, non, car je n'ai pas de place.

Bonsoir, va-t-en. » Moi je file sans bruit

Dans mon lit (*bis*).

Dans ce cas que fallait-il faire ?

Je dus ressaisir mon bâton,

Et, furieux contre ce vieux Cerbère,

Je lui jetai mon obole au menton.

Ainsi s'acheva ma campagne.

Voyez, la gaîté m'accompagne :

Amis, servez-moi du champagne

Pour que je saute avec bon appétit

Hors du lit (*bis*). (*)

Pau, 9 août 1858.

(*) Ce furent les derniers vers de Léon Dessalles. Un mois après, jour pour jour, il avait cessé de vivre.

TABLE DES MATIÈRES.

Pau, Imprimerie de É. Vignancour.

www.ingramcontent.com/pod-product-compliance
Lightning Source LLC
Chambersburg PA
CBHW072350030726

47505CB00014B/1448